さち子のお助けごはん　目次

1　最初の依頼人

「こんにちは！　出張料理のいい山です」

インターホンを押して挨拶すると、張りのある声がスピーカーから返ってきた。

「いらっしゃい！　お待ちしてました」

すぐにドアが開かれ、志村豊子《しむらとよこ》が玄関に招じ入れた。上がり框《かまち》にはスリッパが二足、キチンと揃えてある。

豊子と会うのは半年ぶりだが、相変わらず身ぎれいにしていた。ショートカットにしたシルバーグレーの髪、淡いきれいな色のチュニック、白いパンツ。化粧気のない顔は肌が白く、艶が良い。決して若作りしていないのに、実年齢より十歳以上若く見える。

「さあ、さあ、どうぞ」

リビングに通されると、紅茶が用意されていた。飯山《いいやま》さち子とアシスタントの結城《ゆうき》まりは、せっかくの厚意に甘え、十五分ほど雑談をしながらお茶をいただいた。

「それでは、これから支度に掛からせていただきます」

さち子は腕時計を見て椅子から立ち上がり、用意してきたエプロンを着けて時計を外した。まりもそれに倣《なら》った。

「今日の献立は筍《たけのこ》ご飯、若竹汁、ウドとワケギと青柳のぬた、アスパラとアサリのグラタン、新タマネギとスモークサーモンのサラダ、煮込みハンバーグとなります」

献立は事前にメールで知らせてあるが、当日もう一度顧客の前で口頭で報告し、確認を取ることにしている。

「はい。よろしくお願いします」

豊子は笑顔で頷《うなず》いた。

実は、この確認作業は豊子に勧められて取り入れた。豊子は「出張料理 いい山」の最初の顧客であり、さち子に出張料理人への道を開いてくれた恩人でもあった。

まりが手早く紅茶のセットを洗って片付けている間に、さち子は用意してきた食材を台所に並べた。

中でも存在感を発揮しているのは朝掘りの筍だ。焦げ茶色の皮が輝いている。柔らかくてえぐみが少なく、刺身でも食べられそうだ。

さち子は筍の薄切りと鶏の挽肉に昆布出汁《だし》と酒、醬油《しょうゆ》を加えて煮る。その煮汁を冷ましてご飯を炊《た》き、具材と混ぜて保温する。この方が最初から米と一緒に炊くより、具材の味がはっきりして美味《おい》しいのだ。

さち子の傍らで、まりはホワイトソースを作っていた。小麦粉とバターと牛乳が三位一体となって、まろやかで芳醇《ほうじゅん》な美味しさを生みだす、ソースの基本の一つだ。

茹《ゆ》でたアスパラとアサリをバターで炒め、ホワイトソースをたっぷりと掛け、粉チーズを振っておく。お客様の来る時間を見計らってオーブンで熱すれば、熱々のグラタンの出来上がりだ。旬のアスパラの爽《さわ》やかさとアサリの濃厚な磯の旨味《うまみ》がホワイトソースで包まれ、チーズがアクセントを添える。大人から子供まで、嫌いな人はいないだろう。

ウドのほろ苦さとシャキシャキの食感、ワケギの甘さ、青柳の磯の香。旬の食材の旨味を辛子《からし》を利かせた酢味噌でまとめたぬたは、春を感じさせる爽やかな一品だ。そして、お酒にもよく合う、大人の味である。

新タマネギは甘くて柔らかい。そのスライスと脂の乗ったスモークサーモンをマヨネーズで和《あ》え、黒胡椒《こしょう》を振ると、サーモンの脂がしっくり馴染み、メインディッシュに近い存在感を発揮するサラダとなる。

煮込みハンバーグはどこにでもある料理だが、さち子のハンバーグはひと味違う。タネに生姜《しょうが》とニンニクのみじん切り、日本酒を混ぜる。ソースは市販のデミソースに自家製のホワイトソースを混ぜ、ケチャップ・ウスターソース・インスタントコーヒー・ビターチョコレートを隠し味に加える。これだけで普通の煮込みハンバーグの味は、未知の領域へ飛翔《ひしょう》するのだ。

最後に作ったのが若竹汁だ。文字通り、筍とワカメの吸い物で、さち子は食塩無添加の市販の昆布出汁を少し加えてこくを出す。吸い口は柚《ゆず》の薄切りと山椒《さんしょう》の葉にした。

今日の献立のポイントは「女主人の手を煩《わずら》わすことなく出来立てを提供する」だ。筍ご飯はジャーからよそうだけ、ぬたとサラダは冷蔵庫から出すだけ、グラタン・

煮込みハンバーグ・若竹汁は加熱するだけ。豊子が忙しく立ち働く必要は全くない。

そして大人向けのぬたから子供向けのハンバーグまで、老若男女がそれぞれ楽しめる料理を揃えた。今日食卓を囲むメンバーは七十代の豊子、壮年の子供たちとその配偶者、食べ盛りの孫たちの三世代だ。

料理を全て完成させ、さち子とまりは台所を片付けた。一粒のゴミも、水滴も残らないよう、注意深く掃除して終わる。

「志村さん、チェック、お願いします！」

さち子の呼びかけで豊子が台所にやって来た。料理を眺《なが》めると、目が喜びに輝いた。

「まあ、美味しそう。食べるのが楽しみだわ」

さち子は食材の明細を添えて、実費に手数料を加えた請求書を差し出した。豊子はざっと目を通して請求金額を支払い、領収書を受け取った。

「本日はありがとうございました。また、よろしくお願いいたします」

「こちらこそ。どうぞ、お気を付けて」

豊子は玄関に立って見送ってくれた。

さち子たちと入れ替わりに、魚屋のバイクが玄関前に止まった。多分、刺身の盛り合わせを注文してあったのだろう。今日は豊子の二人の子供が里帰りしてくる日なのだ。

かつての豊子は年二回、子供と孫に会える日を心待ちにしながらも、総勢十人近い人数の料理に追われ、ろくに座る暇《ひま》もなかった。せっかくの愛情と心遣いが、貴重な団欒《だんらん》の時間を奪っていた。

当時家政婦として志村家を訪問していたさち子は、天ぷらの準備をしている豊子を見かねて、つい言ってしまった。

「全部手作りでなくても良いんじゃないですか？　例えばご飯とお吸い物だけ作って、他は仕出しや売ってる料理を使っても」

「でもねえ、せっかく久しぶりに会えるんだから、手抜きをするのもねえ」

「手抜きじゃありません。力の配分を変えるんです。料理に掛ける時間を、お子さんやお孫さんとの団欒に使いましょうよ」

すると、豊子は閃《ひらめ》いたように言った。

「飯山さん、お料理の助っ人、やらない？」

豊子に言われるまで、さち子は料理を仕事にするなど、考えたこともなかった。料理は素人が手を出せない聖域だと思っていた。

何故なら、さち子は明治初期に創業した料亭「花菱《はなびし》」の一人娘だったからである。後継者と目されて養子になった夫の伸也《しんや》は、伝統の重圧に耐えかねて、妊娠中だったさち子を残して失踪した……離婚届だけを残して。

だが、その後の紆余曲折《うよきょくせつ》を経て、料理には様々な顔があることがさち子には分かってきた。花菱で出していたような芸術の域に達する料理もあれば、日々のコミュニケーション・ツールとなる、気楽で飾らない料理もある。

これは出張料理人飯山さち子が、様々な家庭に赴《おもむ》いて料理を作りながら、家族と食の絆《きずな》を結び直してゆく物語である。

さち子と愛しい家族、頼れる仲間たちの活躍は、これから順を追ってご紹介しよう。

2　想い出ソース

山辺彦三郎《やまのべひこさぶろう》の家は生け垣で囲まれた庭のある風雅な日本建築で、いかにも時代小説の大御所にふさわしい風情を漂わせていた。

「舅《ちち》が倒れたのは、ちょうど一年前です」

由佳《ゆか》は山辺の一人息子・昭彦《あきひこ》の妻で、年齢は四十前後だろう。Tシャツにジーンズ、エプロン姿で髪を黒いゴムで一つにまとめている。風情ある屋敷で何の風情もない格好をしているのは、脳梗塞《のうこうそく》で倒れた山辺の介護を続けているからだ。

「定期検診から帰る途中、乗っていたタクシーが玉突き事故に巻き込まれて、姑《はは》は亡くなりました。それを知ったショックで……」

山辺は三年前にも脳梗塞を発症していた。再梗塞の発作は重篤で、退院後も右半身が麻痺《まひ》し、言語機能に障害が残った。

「姑を失って身体が不自由になったせいでしょう。舅はすっかり生きる気力をなくしてしまいました。リハビリにも身が入らず、創作に向かう意欲も湧かないようです」

由佳は辛そうに目を伏せた。

「でも、美味しい物を食べれば、少しは気持ちも明るくなると思うんです」

さち子を見る目は、すがりつくようだった。

「飯山さんには、舅の喜ぶ食べ物を作っていただきたいんです。そして、それを私にも作れるように指導していただきたいんです」

「はい。大変良く分かりました」

由佳は大きく安堵の溜息を漏らした。

「ご存じのように、舅は文壇きっての食通でした。突然姑が亡くなって、私はもう、どうして良いやら、途方に暮れてしまって……」

山辺は七十歳。時代小説の大御所だが、食に関するエッセイも人気があり、連載小説にちなんだ『○○手控え』『○○余話』『○○帖』などの料理本も出版されている。

いつも高級料亭や有名レストランで食事しているようなイメージがあった。

「舅の行きつけだったお店の方に頼んで、出張料理を作っていただいたこともあります。それは舅も喜ぶのですが、毎日そんなことは出来ません。私が本を見ながら懐石料理やフランス料理を作ってみたのですが、どうも口に合わないらしくて……」

由佳はまた哀しそうに目を伏せた。

さち子は由佳が気の毒になった。山辺が倒れるまで一家はマンションで暮らしていたのだが、山辺の世話をするために引っ越してきたのだという。それだけでも大変だろうに、夫と中学生の息子二人の面倒も見なくてはならないのだ。

「でも、奥さんはご立派ですよ。実の親だって、なかなかそこまでは出来ません」

「私たち、舅には本当にお世話になったんです。だから、せめてもの恩返しに」

昭彦は十年前に脱サラして起業したが失敗し、借金を背負った。山辺はそれを肩代わりして、新しい仕事も紹介してくれた。

「夫は〝偉すぎる父〟への反発もあって、素直になれないようですが、私は心から感謝しています。小さな子供二人抱えて路頭に迷うところを、助けて下さったんですから」

由佳はもう一度さち子に頭を下げた。

「だから、何とかして舅に元気になってもらいたいんです。また小説を書いて欲しいんです。生きる情熱を取り戻して欲しいんです」

「大丈夫です。山辺先生に喜んでいただけるように、力の限り頑張ります！」

さち子は力強く答えたのだった。

三日後、さち子は助手の結城まりを伴って山辺家を再訪した。その間、山辺の代表的な食味随筆を読み、傾向と対策を練ってきた。

「どういう料理をお作りになるんですか？」由佳は期待と不安に緊張気味だった。

「蝦蛄《しゃこ》の醤油煮、イモコロッケ、貧乏人のアスパラ、ライスカレーです。ご指示通り、塩分は極力控えめにします」

由佳はポカンと口を開けた。呆《あき》れ返って言葉が出ない、といった様子だ。

「飯山さん、舅は食通で、文壇一のグルメと言われた人なんですよ。それを、そんな……」

「大丈夫です。お任せ下さい」

さち子は自信に満ちた態度で、由佳の抗議を一蹴した。

「じゃ、まりちゃん、始めよう」

まずは蝦蛄の醬油煮から取りかかった。魚屋で買ってきた茹で蝦蛄を醬油と酒、砂糖少々で煮付けるだけの料理だ。刻み生姜を加えて臭みを消し、風味を足す。

貧乏人のアスパラはフランス人の命名で、フランスではポロネギだが、さち子は長ネギを使った。適当な長さに切って柔らかく茹でると、ネギの甘さとトロトロの食感が病みつきになる美味しさだ。冷やしてマヨネーズをかけて食べる。イモコロッケは、単にイモの割合を多くした普通のコロッケである。

最後のライスカレーも由佳を絶句させた。ジャガイモ・人参・タマネギ・豚コマを水で煮て、火が通ったらカレー粉と塩胡椒で味を付け、最後に水で溶いた小麦粉を入れてとろみを付ける、お粗末この上ない料理だった。

「こんな物、とてもお舅《とう》さんの口には……」

「大丈夫。先生はきっと喜んで下さいます」

さち子は笑顔で請け合った。

夕食時、由佳は恐る恐るさち子の作った料理を山辺の前に並べた。すると、それまでいっこうに食欲のなかった作家は、目を輝かせて料理を口に運び、完食してしまった。

食事が終わると、不自由な口で感謝を述べ、由佳に向かって何度も頭を下げたのだった。

「いったい、どんな魔法を使ったんです？」

由佳はすぐにさち子に電話をかけた。

「〝想い出〟というソースを掛けました」

「想い出？」

「はい。どんなご馳走《ちそう》も、想い出の味には勝てないからです」

作家として成功してからのグルメ体験ではなく、子供の頃の想い出を綴った随筆に、山辺の嗜好《しこう》のヒントは隠されていた。

幼い頃に父を失い、母に女手一つで育てられ、新聞配達をしながら定時制高校を卒業すると、鋳物《いもの》工場で働いた。やがて小説に目覚め、作家を目指した若き日々の想い出。

「イモコロッケも貧乏人のアスパラも、お金がない中で少しでも子供に美味しい物を食べさせたいという、お母さんの愛の料理でした。蝦蛄も、今は高級食材になりましたが、昔は安価なお総菜でした」

その他、豚の安い薄切り肉を重ね合わせて作ったミルフィーユトンカツや豆腐で嵩《かさ》を増したハンバーグなど、母の愛がこもった節約料理がいくつも登場した。あるいは、子供の頃、小遣いを握りしめて買いに行った縁日の屋台のお好み焼き。給料日に奮発した生姜焼き定食。母の作ってくれたライスカレーは、山辺には〝この世で一番美味《うま》い〟ものだった。

「山辺先生はグルメや食通である前に、想い出の味を大切にする愛情深い方なんです。亡くなった奥様が家庭で作っていらした料理も、きっと子供の頃に食べていたような、普通のお総菜だったはずです」

山辺の亡妻は鋳物工場の近くにあった食堂の娘だった。山辺は毎日お昼を食べに通い、二人は恋に落ちて結ばれたのである。

「だから奥さん、自信を持って、普通のお総菜を作って差し上げて下さい」

「本当に、ありがとうございました」

受話器から聞こえる由佳の声は、グルメの呪縛から解放された喜びに弾んでいた。

3　一汁一菜

土曜日の午後、飯山さち子は助手の結城まりと共に、緒方美咲《おがたみさき》の住まいを訪れた。

江戸川区の葛西《かさい》駅から徒歩十五分の中古マンションは、オートロックが付いていない。直接エレベーターで四階に上がり、ドアの横のインターホンを押した。

「こんにちは。出張料理のいい山です」

ドアを開けてくれたのは小学校低学年くらいの男の子と女の子だ。

「いらっしゃい！」

元気な声で挨拶してくれる。狭い玄関は靴を壁に立てかけてスペースを作ってあった。

「どうも、よろしくお願いします」

美咲がエプロンで手を拭きながら出てきた。三十半ばと聞いているが、新人ＯＬで通りそうなほど若々しい。職業は理学療法士。つまり立派な専門職だ。

「ごめんなさい。お昼が遅くなっちゃって、台所がまだ片付いてないんです」

「どうぞ、お気になさらないで下さい。料理のついでに片付けもいたしますので」

「すみません」

美咲は申し訳なさそうに頭を下げた。

２ＬＤＫのマンションは、子供のおもちゃや洋服で散らかっていたが、さち子もまりも、それを批判する気にはなれない。フルタイムで働きながら幼い子供を育てるのがどれほど大変か、想像が付くからだ。

エプロンを着けながらさち子は訊いた。

「お兄ちゃんのお名前は？」

「緒方礼央《れお》！」

「私は緒方月渚《るな》！」

今時のキラキラネームで、どんな字を書くのか見当が付かないが、礼央は小学校三年、月渚は一年生だという。

「ねえ、ねえ、何作るの？」

子供たちは客人が珍しいのか、さち子とまりにまとわりついてくる。

「邪魔しちゃダメよ。おばさんとおねえさんは、これからお仕事なんだから」

美咲は子供たちを台所から追い出そうとするが、離れない。これから何が始まるか、興味津々なのだ。

「大丈夫ですよ。ただ、お子さんが火に近づかないように、注意してて下さいね」

さち子は笑顔で言って、本日のメニューのプリントを読み上げた。

「え〜、本日は作り置き料理、十五品作る予定です。ポテトサラダ、野菜のマリネ、フルーツサラダ、麻婆豆腐、茄子の挟み揚げ、白滝と豚コマの生姜煮、スペアリブ、クリームシチュー、ポテトとタマネギとベーコンのグラタン、水餃子、鶏肉のトマト煮、茶碗《ちゃわん》蒸し、キッシュ、煮玉子。それからデザートがプリンとオレンジのゼリーです」

美咲は感心したように溜息を漏らした。予《あらかじ》めメニュー内容を知らされてはいたものの、わずか三時間でこれほど多種多様な料理が作れるものか、半信半疑なのだった。

その辺はさち子も工夫している。ガス台、魚焼きグリル、レンジ、オーブンと、火口が一つに集中しないメニューを選んだ。

そして経費を抑えるために挽肉・豚コマ・卵と、安い食材を使った料理を二品以上作る。

茄子を半分の厚さに切って挽肉を挟み、油で揚げる。それを片栗粉でとろみを付けためんつゆに漬ければ、時間が経ってもチンするだけで出来立てを味わえる。

煮玉子は茹で卵をめんつゆに漬けるだけ。ポテトと人参を茹でて潰し、スライスしたキュウリ、タマネギと混ぜてマヨネーズで和えれば定番のポテトサラダの完成だが、さち子は子供たちの野菜不足を補うために、レタスをちぎって加えた。あまり子供の好まない野菜のマリネを敢《あ》えてメニューに加えたのも、全て子供たちの栄養を考えたからだ。

潰したポテトはグラタンでも活躍する。

季節の果物を砂糖とプレーンヨーグルトで和えればフルーツサラダ。

クリームシチューの材料と骨付きの鶏肉を同じ鍋で煮て、火が通ったら骨付きの鶏肉を取り出し、タマネギのみじん切りとトマトソースで煮て香辛料を加えると、鶏肉のトマト煮。二つの煮込み料理が一度に出来上がる。

白滝と豚コマを醬油・酒・たっぷりの生姜で煮た料理は、ご飯の進む常備菜となる。

スペアリブは醬油・酒・そして砂糖少々とママレードを混ぜた液に漬け、魚焼きのグリルでじっくり焼く。隠し味のママレードでグレードが上がり、冷凍庫で保存も出来る。

豚の挽肉と白菜のみじん切り、それに水を絞った豆腐を加え、塩胡椒して練るのが、さち子流水餃子の種だ。豆腐の力でまろやかさが増す。作り置きした餃子を茹でるだけですむので、焼き餃子に比べて調理も後片付けも簡単だ。もちろん、冷凍保存が出来る。

さち子はキッシュにパイ生地を使わない。ホウレン草とベーコンを炒めて耐熱皿に敷き、卵と同量の牛乳、マヨネーズ少々を混ぜ合わせた液を注ぎ、ピザ用チーズを載せてオーブンで焼く。謂《い》わば洋風卵焼きだが、ふんわりした食感にとろけるチーズが重なって、子供が喜ぶ味になる。冷蔵庫で保存して、食べる分だけレンジで温めればＯＫだ。

茶碗蒸しとプリンは蒸し器で作る。

百パーセントのオレンジジュースをゼラチンで固めれば、そのままデザートが誕生する。

美咲は子供たちと一緒に、息を呑んで調理の様子を見つめた。手際よく次々料理が完成する。その度に味見させてもらったが、簡単に作っているように見えて、どれもとても美味しい。素材の味が生きていて、バリエーションが豊富なので、毎日食べ続けても飽きが来ないと思われた。

まるで魔法を見ているような気がした。

「どうぞ、最終チェックお願いします」

台所の片付けを終わって告げると、美咲は哀しげにホウッと溜息を吐《つ》いた。

「すごいわ、本当に。私、しっかり手順を覚えて真似しようと思ったけど、とても無理」

美咲は夫の女癖の悪さに愛想を尽かし、幼い子供を抱えて四年前に離婚した。日頃料理に手を掛けられないので、何とか子供たちに色々な種類の料理を食べさせたいと、作り置き料理を依頼したのである。

「緒方さん、お子さんにとって一番のご馳走は、お母さんの笑顔ですよ」

さち子は優しく微笑みかけた。

「ハレの日の料理は、月一回か二回だから良いんです。ケの日は、ご飯と具沢山の味噌汁とおかずが一品あれば充分です。土井善晴《どいよしはる》先生の『一汁一菜でよいという提案』を読んで下さい。自信が持てますよ」

「そうですよ。礼央君と月渚ちゃんがこんなに元気で良い子に育ったのは、お母さんの愛情があればこそです。料理に手を掛けられないくらい、大した問題じゃありませんー」

まりも言って、礼央と月渚の頭をなでた。

「ご飯と味噌汁とおかず。日本の家庭料理の基本はこの三つです。この形式さえ保っていれば、おかずは何でも、立派な日本食です。ツイッターやインスタグラムのきらびやかな料理は、あくまでグラビア用です。あれを毎日作らないと母としての愛に欠けるなんて、そんなバカなこと考えちゃダメですよ」

「本当に、一汁一菜で良いんですか？」

「もちろん。日本人は江戸時代から、ずっとそれでやって来たんですから」

美咲はやっと安堵の表情を浮かべた。

「ありがとう。私、頑張ってやっていきます」

微笑む顔に、母の愛と喜びが滲《にじ》んでいた。

4 「花菱」

蒸し暑い夜だった。一度眠りに落ちれば朝までぐっすり眠れる質《たち》なので、クーラーのタイマーは一時間で切れるようにセットしてある。いつもならそれで支障なかった。

ところがこの日の夜は身体が暑さに降参してしまったらしい。寝苦しく、眠りが浅くなり、そのせいで夢を見た。

夢の中は春だった。飯山さち子は大学を卒業したばかりの、夢と希望に満ちあふれた二十二歳だった。明治から続く老舗料亭「花菱」の一人娘で、両親の愛に守られていたさち子の日常は、露天風呂に浸かって美しい景色を眺めているかのような、満ち足りて安楽なものだった。

花菱は父の周平《しゅうへい》が花板、母のゆかりが女将、そして先代から厨房で働いてきた嶋健《しまけん》太郎《たろう》がお目付役、この三人が中心で運営されていた。中でも、かつてない繁栄をもたらしたのは周平の料理の腕だった。

日本料理の伝統を踏まえながらも斬新な料理を次々と生み出し、多くの顧客を惹《ひ》き付けたばかりか、料理人仲間からも一目置かれ、和食の革新者と謳《うた》われて名人・天才の名をほしいままにしていた。

しかし、ワガママで気難しく独断専行で周囲に恐れられていた周平も、娘には甘かった。だからさち子は自分の父親がすごい料理人だと、大人になるまで分からなかった。

「これからはお母さんを手伝って、一日も早く女将の仕事を覚えるようにね」

卒業式が終わると、母はさち子に言い渡した。花菱の女将を継ぐことは子供の頃からの暗黙の了解で、さち子は少しも抵抗を感じることなく、こっくりと頷いた。

すると母は、大事な用件を切り出した。

「伸也のこと、どう思う？」

さち子は一瞬で頬が赤くなった。

田神《たがみ》伸也は高校卒業後、料理学校を経て花菱の板場で働くようになった若い料理人で、当時二十六歳になろうとしていた。花菱で経験六年弱はまだ新参者の部類だが、並み居る先輩をごぼう抜きにして二番手の煮方に抜擢《ばってき》された。異例の出世は本人の才能と努力のたまものだが、さち子の両親が早くから伸也を花菱の後継者にと考えていたことも大きい。

花菱の後継者になるとは、さち子と結婚することを意味していた。直接言葉に出さなくても、その雰囲気はさち子にも伝わってきた。

決していやではなかった。伸也は才能豊かな料理人で、真面目で優しく聡明だった。夫としては申し分ない。いや、それ以上に、本当はときめいていた。伸也は背が高くてハンサムで、切れ長の美しい目をしていた。あの目にじっと見つめられたいと、いつしかさち子は願うようになっていた。

翌年の春、さち子は伸也と結婚した。まさに幸せの絶頂だった。繁栄する実家と優しい両親、そこに愛する夫が加わった。何一つ失うことなく、新しい幸せを手に入れたのだ。こんな幸運は滅多にないと、謙虚な気持ちでどこにいるか分からない神様に感謝した。

幸せな女の特権で、さち子も深く物事を考えなかった。伸也がさち子と結婚したのは、おそらく愛情だけが理由ではなかったはずだ。少なからず打算が働いていただろう。さち子の夫は花菱の後継者になれるのだから。

しかし、そんなことはどうでも良かった。愛する男が自分を妻に選んでくれた。それはさち子に、妻にふさわしい価値があったからに違いない。その価値が自分ではなく花菱に属したところで、かまうものか。二つは引き離せない。花菱とさち子はセットなのだから。

新婚生活はままごとのようだった。夕飯は花菱で賄《まかな》いを食べるので、伸也がさち子の手料理を食べるのは朝と昼だけになる。料理人の夫に喜んでもらうために、それまで本格的に料理の勉強をしたことがなかったさち子は、必死で努力した。

昼は手早く食べられる料理をリクエストされ、さち子はおにぎり・お茶漬け・サンドイッチをあれこれ工夫した。ジャコと梅干しと胡麻《ごま》と大葉のおにぎり、ヅケ鮪《まぐろ》の出汁茶漬け、トルコ名物サバサンドは伸也に大好評で、さち子は嬉しくてガッツポーズをしたものだ。

幸せはゆっくりと近づいてくるのに、不幸は突然襲いかかる。幸せは少しずつ満たされてゆくのに、不幸は一瞬で全てを破壊してしまう……地震のように、津波のように、噴火のように。

飯山家と花菱を襲った不幸もそうだった。

結婚式から一月も経たないうちに、父の周平がクモ膜下出血で急死した。それを境に、花菱が築いてきたものが一気に崩れ始めた。

「味が落ちた」

これが最初の、そして決定的な風評だった。店が代替わりする時には多かれ少なかれ、このような風評はつきものだが、花菱の名声は周平の料理に負うところが多かっただけに、その被害は甚大だった。

もし周平があと十年、せめて五年長生きしていたなら、これほどまでの没落はあり得なかっただろう。周平は天才肌の名人にありがちな例だが、指導者には向いていなかった。若い料理人たちを指導し、一人前に育成するのは、板場の大目付・嶋健太郎の役目だった。だから健太郎がいれば、伸也も花菱を背負える板前に成長できるはずだった。

しかし、そこに後ろ盾として周平がいるのといないのとでは、印象がまるで違う。

「名人が急死して半人前の跡継ぎが残された」

これが世間の見る目だった。

一度そんな風評を立てられたら、それを払いのけるのは不可能に近い。事実、伸也はまだ花板に就任していなかったのだ。

弱り目に祟《たた》り目。泣きっ面に蜂。マーフィーの法則。何に例えてもかまわない。事態はどんどん悪い方に転がった。

花菱の看板料理の白子豆腐や雲丹《うに》の茶碗蒸しは「先代には遠く及ばない」と不評で、新しく牛肉の寿司や炙り鴨の柚ソースに挑戦すれば「奇を衒《てら》っただけ」と酷評された。

予約のキャンセルが相次ぎ、常に満席だった店は閑古鳥の鳴く有様となった。そして、客は客の来ない店には行かない。安くはない料金を払うならなおのこと。

伸也は日に日に追い詰められていった。それを、さち子はどうすることも出来なかった。

心労ですっかり食欲が落ち、伸也は痩《や》せ始めた。少しでも食べてもらおうと、さち子は消化の良い中華粥《がゆ》や煮麺《にゅうめん》を作ったが、ほとんど喉《のど》を通らない有様だった。

「気にしちゃダメよ。失敗は成功の元」

「伸也さんの料理は素晴らしいわよ。いつかみんな分かってくれるわ」

「怖がらないで。チャレンジあるのみ！」

言葉は空しかった。何をどう言い繕ったところで、伸也の料理は客の支持を得られず、花菱は経営危機に瀕していた。

五年前に老朽化した店舗を建て替えた際のローンも経営を圧迫した。

「ここを売って、もう少し小さな店に移転することも考えないといけないかも……」

ゆかりと健太郎が伸也の前でそんな相談を始めた時の恐怖を、さち子は忘れることが出来ない。これまで空気のように存在していた花菱、いつも自分を守ってくれた花菱が、消えて無くなるかも知れない……⁉

伸也は苦悩に顔を歪め、肩を落として座っていた。一回り小さくなってしまったように見えた。つい半年ほど前までそこにいた、才能溢れる若い料理人の颯爽《さっそう》とした姿とは、まるで別人だった。

だが、不幸はまだ始まりに過ぎなかった。

5　新たな一歩

「花菱」が倒産の瀬戸際に追い詰められた時、後継者の伸也はまだ二十八歳だった。その若さで大きすぎる責任を背負い込み、どれほど悩み苦しんだか、今なら良く分かるが、まだ若かったさち子には理解の及ばない点も多かった。未熟で至らない妻が、伸也には重荷になっていたのだろうか。

伸也が突然姿を消したのは、秋から冬に向かう頃だった。部屋には手紙と、署名捺印済みの離婚届が残されていた。

「自分の力不足のせいで花菱の名に泥を塗ってしまった。どんなに詫《わ》びても取り返しがつかないが、この上は責任を取って店を出る。さち子には申し訳ないが、自分のことは忘れて新しい幸せを摑《つか》んでもらいたい」

手紙にはこのような内容が書いてあった。

さち子も母のゆかりも八方手を尽くしたが、消息は摑めなかった。そのうち「女と駆け落ちしたらしい」という噂が耳に入った。伸也の失踪直後に花菱の仲居が一人、姿を消したのだ。

香西玲那《かさいれな》は勤続三年目、当時三十歳。上智大学を卒業した帰国子女で、総合商社の会長秘書を務めていた。退社して花菱の仲居に応募した理由は「海外で和食ビジネスを展開するための勉強がしたい」。その言葉が嘘《うそ》やハッタリでなかったことは、後年、アメリカの主要都市に次々と人気和食店をオープンした実績が物語っている。

おまけに身長一六八センチで八頭身と、モデル並のプロポーションを持つ美人だった。

二人が姿を消してから三ヶ月ほど経った頃、ロサンゼルスで二人が一緒にいるのを見かけたという人が現れた。

さち子は頭から冷水を浴びせられたような気がした。夫の伸也は自分を捨てて別の女に奔《はし》った。いや、もしかしたら、二人は最初からデキていたのかも知れない。伸也と玲那は美男美女だ。二人並べばさち子よりお似合いだ。さち子と結婚したのは、いずれ花菱の実権を握ったら、店を乗っ取って追い出すつもりだったからでは……⁉

「いい加減にしなさい！」

さち子が泣きながら訴えると、ゆかりは厳しい声で叱責した。

「疑心暗鬼にもほどがあるわ。あなたは自分の夫をそんな卑劣な人間だと思ってるの？」

さち子がハッとしたのを見て、ゆかりは声を和らげた。

「伸也がそんな男なら、離婚届を残して家を飛び出したりしませんよ。料理ひと筋の職人肌で不器用だったから、これほど苦しんだんじゃないの」

「それじゃ、何故玲那までいなくなったの？」

「見るに見かねて手を貸したのかも知れないわね」

「そんなら、同じじゃないのッ⁉」

ゆかりはきっぱりと否定した。

「私は店で三年近く玲那の様子を見てたから分かるの。あの子は自信満々の野心家だけど、人をだましたり陥れたりするような性悪《しょうわる》じゃないわ。店を辞めたのは多分、独立して自分で仕事を始める頃合いだったんでしょう。でも、今度のようなことがなかったら、伸也と親しくなることもなかったでしょうね」

優しく言うと、さち子の前に置かれた離婚届に目を遣った。

「こうなったら、なるべく早く伸也とは別れた方が良いわ。お互い、まだ若いんだから」

「いやよ！」

さち子は駄々っ子のように首を振り、離婚届をくしゃくしゃに丸めて放り投げた。離婚に同意すれば伸也は玲那と結婚してしまうかも知れない。そんなこと、絶対にさせてなるものか。伸也は私の夫なのだ。そう、だから、きっと、いつか戻ってきてくれる……。

要するにさち子は大いに伸也に未練があったのだ。どうしても別れたくなかった。戻ってきて欲しかった。たとえ名目だけでも、夫婦でいたかった。

娘の様子を見て、ゆかりはそれ以上説得しようとはしなかった。いずれ時が経てば、気持ちが落ち着いて冷静になる。それまで待つしかないと、年の功で分かっていた。

ところが、思いもかけない事態となった。さち子が妊娠していたのだ。すでに五ヶ月に入ろうとしていた。それまで気が付かなかったのは、伸也の失踪騒ぎで不眠と食欲不振が続き、すっかり体調を崩していたからだ。

さち子はもちろん産むつもりだった。

ゆかりはあれこれ思い悩んだ末に、出産に同意した。子供を産むことがさち子の生きる希望になっていたこと、医者から「初めての子供を妊娠中期に入ってから中絶すると、母体に深刻な影響を及ぼすかも知れない」と忠告されたこと、そして妊娠中期で堕胎《だたい》した場合には死亡届の提出や埋葬が必要になると知り、気持ちが出産に傾いたのだった。

月満ちて、さち子は男の子を産んだ。あの激動の中で育まれた命とは思えないほど、元気な赤ん坊だった。

さち子は修斗《しゅうと》と名付けた。伸也が「修めると斗《はかる》だから、料理人にピッタリだ」と言ったことを覚えていたからだ。

あれは結婚する前だったのか、後だったのか。思い出そうとしても、もう思い出せない。

不思議なことに、修斗が生まれると同時に、あれほどしぶとく心に巣くっていた伸也への未練は、きれいさっぱり消えてしまった。恨む気持ちもなかった。ただ一つ、気の毒に思う同情だけが、残っていた。

さち子の心を見透かしたように、ゆかりはもう一度離婚届の用紙を差し出した。かつてさち子がクシャクシャに丸めて放り投げたその紙は、きれいにシワを伸ばしてあった。

そこに自分の名前を署名捺印した時、さち子の青春時代は終わり、大人の世界に一歩足を踏み出したのだった。

目覚まし時計のアラームが鳴った。

夢の中は寒い冬の日だったのに、目を開けたら夏の盛りだ。今日も暑くなるようで、早朝だというのにべっとりした空気が身体にまとわりつく。

さち子はベッドから降り、まずシャワーを浴びて汗を流した。

冷蔵庫を開けて、保存容器に入れたガスパチョをスープ皿に注いだ。アンダルシアの冷たいスープで、「飲むサラダ」の異名を持つ。こんな暑い日の朝食にはもってこいだ。

トマト・キュウリ・パプリカ・タマネギなど、好みの野菜をざく切りにしてミキサーで潰し、塩・胡椒で味を調えれば出来上がる。さち子の好みでニンニクは加えず、オリーブオイルは食べる直前に垂らす。

昨日の朝食は薬味に茗荷・大葉・生姜・小ネギをたっぷり入れた素麺にした。冷たい麺類は暑い夏の朝にはピッタリだ。蕎麦やうどんに、とろろ芋や温泉卵をトッピングして冷たい汁をぶっかけて食べる美味しさは、夏の醍醐味かも知れない。

テレビでニュースを見ながらスプーンを口に運んでいると、不意に息子の顔が浮かんだ。

今頃、修斗はちゃんと朝ごはんを食べているかしら？

修斗は大学の工学部を卒業後、機械メーカーに就職して社員寮で生活している。料理を生業《なりわい》にする両親の元に産まれたというのに、ぶきっちょで包丁を握ったこともない。自炊なんか絶対に無理だろう……。
ぼんやりしているうちに八時が過ぎた。
さち子は手早く洗い物を片付けると、その日のレシピ作りに取りかかった。

6　蘇生のスープ

「先月まで鰻重《うなじゅう》が食べられたんですよ。全部じゃありませんけど、三分の二以上……」

佐伯苑子《さえきそのこ》は落ち着いた口調で語りながら、エプロンの端を両手の指で揉んだ。内心の懊悩《おうのう》が無意識のうちに指先に表れているかのように。

「それが、急に食欲が落ちて、今まで好きだったポタージュやババロワやシュークリームも喉を通らないみたいなんです。かろうじて、甘い麦茶なら飲めると言うので、蜂蜜を溶かした麦茶を一日カップ二杯飲ませているんですが、それだけではとても栄養が足りません。わずかな間にすっかり痩せてしまいました」

苑子はそう言って母の珠子《たまこ》の方を見た。珠子はリビング中央のリクライニングソファに座り、うたた寝をしている。脳梗塞の後遺症で左脚が不自由だが、身ぎれいで、痩せ細っているようには見えない。

「母は元々六十キロ近くあったんです。今はだいたい五十二、三キロだと思います。身長を考えれば痩せすぎとは言えませんが、急に体重が落ちて、すっかり弱ってしまいました」

さち子も八十歳の母を持つ身なので、苑子の心配は良く分かった。

「お医者さんは『なるべく口に合うものを選んで食べさせてあげて下さい』と言うんですが、口に合うものがほとんどなくなってしまったような状態で……このままどんどん衰弱していったら、もう、ダメじゃないかと」

苑子は言葉を切って目を伏せた。六十歳という実年齢よりずっと若く見えるのは、書家という職業を持って、独身を通してきたからだろうか。佐伯紅鴛《こうえん》という書家名は、さち子も聞いたことがあった。

「私はもう還暦で、母は九十一です。普通ならとっくの昔に覚悟が出来ていて当然なんでしょうが、私はこれまでずっと母と二人で暮らしてきて、それ以外の暮らしを知りません。だから、母がいなくなったらと思うと、不安で恐ろしくて、どうしようもないんです」

「お気持ちは良く分かりますよ」

さち子は力づけるように頷いた。

「私は五十歳ですが、五十歳になったのは初めての経験です。還暦だって古希だって、本人にとっては初めてなんです。何歳だろうが、初めての経験に戸惑うのは当たり前ですよ」

苑子は安堵の表情を浮かべ、小さく溜息を漏らした。

「まずは、何とかお母様の口に合うような料理を、色々と工夫してみます。少しずつでも食が進むようになれば、体力も自ずと回復してゆくと思います」

「どうか、よろしくお願いします」

苑子は深々と頭を下げた。還暦を迎え、人生のパートナーだった母を失おうとしている独身女性の孤独と寂寥《せきりょう》を思い、さち子は痛ましさに胸を衝《つ》かれる思いがした。

帰宅したさち子は本棚の前に立ち、迷うことなく一冊の本を取り出した。

『辰巳芳子《たつみよしこ》の「さ、めしあがれ。」』

一九二四年生まれの料理家・辰巳芳子が、長年研鑽《けんさん》を積んだ料理と父の介護体験から編み出した、究極のスープ本である。

かつて夫に捨てられ、実家の料亭が倒産し、精神的なショックで半病人になったさち子を救ってくれたスープも、母が辰巳芳子の本を見ながら作ってくれたものだった。何種類ものスープを無理矢理のように飲まされたのを覚えている。あのスープがあったからこそ、お腹の中の修斗は栄養不良にもならずに育ち、無事に産まれたのだと思う。

この本の中のレシピが佐伯珠子の回復を助けてくれることを、さち子は信じて疑わなかった。

珠子の年齢と今の状態を考えると、油脂を使ったスープは多分、受け入れられない。さち子は乾物を使ったスープを選び出した。

「いやあ、ビックリしました。昆布も椎茸も鰹節《かつおぶし》も、本当にピンキリですねえ」

築地《つきじ》場外の買い出しから戻ってきたアシスタントの結城まりは、呆れたような声を出した。

「それは当然よ。肉も魚も、ピンとキリじゃ大幅に値段が違うんだから」

さち子は苑子に断って、最高級の乾物を使うことにした。辰巳芳子の本にも、材料選びの大切さは強調されている。昆布・鰹節・干し椎茸などの旨味成分で出汁を取り、醤油・味噌など醸造調味料で味付けするお陰《かげ》で油を頼らずにすむ。塩で調味する人々は、旨味の不足を油脂で補うのだという。

「こんにちは。出張料理のいい山です」

さち子とまりはその足で佐伯家を訪ねた。

「どうぞ、よろしくお願いします」

苑子はすがるような目で二人を見た。ソファでうたた寝をしている珠子は、前日とさしたる変化はないが、ほんの少し顔色が悪くなったかも知れない。

「今日はスープを八種類作ります。それぞれ小分けにして冷凍しておきますので、その都度解凍してお出しになって下さい」

二人は早速作業に取りかかった。まずは昆布と干し椎茸を別鍋で戻す。次に鰹節を削る。

そして、持参した玄米（洗って三十分から四十分浸水し、六時間乾かしたもの）をフライパンに入れ、弱火でゆっくりと炒めた。この煎《い》り玄米はあら熱を取れば保存がきく。

鍋に水・煎り玄米・昆布・梅干しを入れて中火にかけ、沸騰したら弱火で三十分煮る。それを漉《こ》した汁が、「医食同源の粋」と言われる玄米スープである。

昆布・干し椎茸・梅干しを蒸したスープ。

昆布と鰹節で取った一番出汁。

トマト・タマネギ・人参・セロリ・ローリエを少量の水で煮て裏漉し器に掛け、塩で味を調えたトマトのスープ。

これらはどれも重篤の病人が「これだけは喉を通った」というスープであり、百五歳まで画業を貫いた小倉遊亀《おぐらゆき》の最晩年の食生活を支えたという。

そして、回復期第二段階としてビーフコンソメ・チキンコンソメ・ポタージュ二種類（カボチャと人参）を作って冷凍した。

「順番に、ゆっくりと差し上げて下さい。大和芋を擂《す》り下ろして冷凍してありますから、一番出汁で煮て出してみて下さい。薬味に柚でも添えて。ツルリと喉を通りますから」

さち子は佐伯家を辞去したが、珠子が持ち直してくれるか、気掛かりでならなかった。

だから翌朝、苑子からの電話を受けた時は、思わずホッと胸をなで下ろした。

「飯山さん、昨夜、母が玄米のスープを飲みました！　今朝は山芋の清汁《すましじる》も食べられたんです。本当にツルッと……」

珠子はそれを切っ掛けに徐々に回復を始め、食欲も増し、二ヶ月後には味噌汁と糠《ぬか》漬《づ》けでご飯を食べられるまでになった。

味噌汁も漬け物も発酵食品で、そのパワーは近年特に注目されている。

「母は、本当に子供孝行な人だと思いました」

後日、苑子はお礼の電話をかけてきて、しみじみと語った。

「女手一つで助産師をして私を育ててくれた、とても頼りになる人でした。七十代半ばに脳梗塞で倒れたのは、私が自分の足で立てるように鍛《きた》え直してくれたような気がします。そして今回のことは、いずれやって来る別れに取り乱さないように、予行演習をしてくれたのかも知れません」

「お母様が回復なさって、おめでとうございます。それと、お母様は本当にお幸せだと思いますよ。佐伯さんと親子に生まれて」

さち子は苑子母子に将来の自分の姿を見て、幸せを祈らずにはいられなかった。

7　異国のお客さん

「ガーナなんてねえ、私らチョコレートしか知らないですよ。いったいどうしたら良いのか、途方に暮れてしまって」

ガーナはカカオ豆の生産国で、ロッテ製菓のチョコレート名にもなった。

「何しろ、いきなり家に連れてくるって言われたって、どうやっておもてなしして良いものやら。何を食べるかも分からないし」

「息子は『何でも食べられるから心配ない。普通にしてくれれば良い』って言うんですが」

鍋谷雄一《なべたにゆういち》・ふみ江夫婦は困惑しきった顔で訴え、深い溜息を漏らした。

二人はここ、青森県田子町《たっこまち》でニンニク栽培を行う現役農家である。ニンニクの効能か、毎日の労働の成果か、二人とも七十代半ばだが足腰も丈夫なら見た目も若々しく、血管年齢は五十代の若さだという。

「まあ、学生時代は夏休みになると息子の友達を何人も泊めていましたから、お客が来るのは決していやじゃないんです。でも、突然ガーナの人だなんて」

息子の正樹《まさき》は学生時代から海外に興味を持ち、東京の大学に進学すると青年海外協力隊に応募して、アジア・アフリカの各地でボランティア活動に従事した。専攻は文化人類学で、今では四十八歳にして母校の教授を務め、講座は立ち見が出るほどの大人気ぶりだ。

その正樹から「今週の土・日に泊まりに行くよ。ガーナ人の友達二人も連れて行くから、よろしく」と電話があったのは一昨日のこと。〝鳶《とび》が鷹《たか》を生んだような〟息子が久しぶりに里帰りしてくるのは嬉しいが、いきなり世界地図上の位置さえ知らない国の人間を二人も連れてくると言われ、老夫婦が困惑してしまったのは当然かも知れない。

今回、飯山さち子に出張料理を依頼したのは正樹の妻・千鶴《ちづる》だった。千鶴は国際会議の英語通訳をしており、夫婦共に忙しく、なおかつ付き合いが広い。自宅に国内外の客を招く機会も多く、その度に「出張料理　いい山」を利用してパーティー料理を誂《あつら》えた。

「お舅《とう》さんとお姑《かあ》さん、きっと困ってると思うの。行って、助けてあげてくれる？」

というわけで、さち子は取るものも取りあえず、一人で駆け付けてきたのである。

「息子さんの仰《おっしゃ》る通り、何もご心配なさるには及びませんよ」

さち子は二人を安心させるように、心を込めて微笑んだ。

「ガーナ人のお二人はキリスト教徒で、食物タブーはないそうですから、日本の食材で使えない物はありません。それに、色々な国で働いた経験があって、国際感覚が豊かだと聞いています。雄一さんとふみ江さんが困るような振る舞いは決してしないはずです」

それでも二人は不安そうに互いの目を見交わしている。

「お食事はしゃぶしゃぶがおすすめです」

「しゃぶしゃぶですか？」

「はい。今や日本を代表する料理の一つで、外国の方は大抵ご存じです。これなら材料を揃えるだけで、手間も掛かりません」

しゃぶしゃぶなら肉・魚介・野菜・豆腐・葛切り・キノコ類と、豊富な材料を使えるので、多少嫌いな食材があっても困らない。

まして田子町にはニンニクと並ぶ名産品、田子牛がある。これを使わない手はない。

「そして、つけだれは何種類も用意します。ポン酢と胡麻だれの他に、味噌・醤油・胡麻油・山葵《わさび》・マヨネーズ・ケチャップ・チリソースなどを揃えて、お客さんにお好みで色々なたれを作ってもらいます。そうすれば各人、好きな味付けで食べられますから」

「はあ……」

雄一とふみ江はまだ半信半疑の顔つきだ。

「それから、ガーナ料理はニンニクをよく使うんです。田子町のニンニクを出したら、絶対に喜ばれますよ」

さち子はアヒージョを提案した。ニンニクとオリーブ油で煮込んだ料理で、具材は魚介、キノコ類、野菜と何でも良い。

「あのう、それじゃ、ニンニク味噌の焼きおにぎりなんかも、食べられますかね？」

「もちろん。大喜びで召し上がりますとも」

雄一とふみ江の顔に、やっと安堵の表情が浮かんだ。

結果、しゃぶしゃぶパーティーは大成功だった。客人のマジード・ムンタリとエマニュエル・ワリスはユーモア精神たっぷりの礼儀正しい紳士で、片言の日本語を話した。

「まあ、最初は色が黒くて大きくて、どうなることかと思ったども、まんず、良い人たちでした。朝はご飯と味噌汁と漬け物、お代わりして。今ははあ、外人さんも味噌汁と漬け物食べるんだなは」

日曜の夜、ふみ江からさち子の元に、興奮さめやらぬ声で電話があった。

「良かったですね。お客さんたちも、きっと良い想い出が出来て、喜んでますよ」

さち子は受話器を置くと、千鶴との会話を思い出した。何故正樹が突然、田舎の両親の家にガーナ人の友人を泊める気になったのか、尋《たず》ねた時のことだ。

「正樹さんはね、ご両親が外国人に偏見を持ってるって言うの。それが前から気に入らなかったみたいで……」

雄一とふみ江はずっと青森県の片隅で暮らしてきた。かつて一度だけパック旅行でヨーロッパに行ったが、行く先々で清掃員のストや交通機関のトラブルに遭遇《そうぐう》し、海外旅行にはすっかり懲《こ》りてしまった。最近は「日本良いとこ」的なテレビ番組を見ては「日本は安全で良い」「外国は不便で物騒だ」と、ますます偏った考えに傾いているのだという。

「だから何とかご両親の偏見を一掃したいって。それには百聞は一見に如《し》かず。素晴らしい外国人に接すれば、自ずと偏見は消えるだろうって。それで、謂わばショック療法みたいなことをする気になったのよ」

千鶴はホッと溜息を漏らした。

「そこまですることないと思うんだけど」

さち子も千鶴に同感だった。

一ヶ月後、さち子は東京の鍋谷夫妻からパーティー料理の依頼を受け、助手の結城まりを連れて訪問した。

珍しく、その日は午後から正樹も家にいた。

「飯山さん、先日はありがとうございました。これでうちの親たちも目が覚めたはずです」

正樹は自信満々だった。その自信の裏には正義がある。でも、正義はとても厄介な観念だ。

「鍋谷先生、ご両親を愛していますか？」

「それは、もちろん」

「偏見のあるご両親では、愛せませんか？」

「え？」

「見たいものだけを見る、聞きたいことだけを聞く、信じたいことだけを信じる……これはとても心安らかで、幸せなことです」

さち子は純朴で人の好い正樹の両親、雄一とふみ江の老いた顔を思い浮かべた。

「先生は公私共に外国の方とお付き合いが多い方です。そういう方が偏見を持つのは良くありません。でも、ご両親はこれからの生涯、公私共に外国と深い関わりを持つことはありません。それなら日本は安全で良い国で、外国は不便で危険だと思っていても、誰にも害は及ばないんじゃありませんか？」

　正樹は虚を突かれたような顔になった。

「年を取ってから、今まで信じていたことを覆されるのは辛いことです。どうか、ご両親の欠点を正すのではなくて、偏見という欠点も含めて、ご両親を愛してあげて下さい」

　さち子は自分の言葉が正樹の胸に深く浸透していくのを、黙って見守った。

8　ママの味

「涼《りょう》ちゃんはね、ママの作ったカブラ蒸しとカボチャのそぼろ餡《あん》かけがすごく美味しかったって。よく思い出すって言うのよ。子供だったのに、味の好みは意外と渋かったのね」

早見奈保《はやみなお》はモデルルームのように広く清潔なアイランドキッチンの周囲を歩き回っていた。そして話の合間に、料理に勤《いそ》しむ飯山さち子とアシスタントの結城まりの手元を引っ切りなしに覗き込む。まるで母親の後にくっついて台所をウロチョロする子供のようだ。

「ママのバナナケーキとフルーツケーキは世界一だって。どこのお店で買っても、ママの味には敵《かな》わないって言うのよ」

自分で自分の台詞《せりふ》に酔っているのか、少し目が潤《うる》んでいる。

まりはそんな顧客の様子を横目で眺め、明らかに内心呆れていた。このキッチンが新品同様なのは、ほとんど使用されていないからだと、それにも気が付いていた。

さち子は奈保が「瀬里奈《せりな》マヤ」という芸名で活躍していた時代を覚えている。さち子が小学生から中学生の頃は、数え切れない雑誌の表紙とグラビアを飾る人気美少女モデルで、高校卒業と同時に、財閥系企業の御曹司と婚約して華々しく芸能界を引退した。次に奈保がマスコミに登場したのはさち子が大学を卒業した年で、掲載されたのはファッション誌ではなく、写真週刊誌だった。

奈保は現在、アイデアキッチン用品の企画販売で成功し、押しも押されもせぬ実業家だ。

五十歳をいくつか過ぎているが、顔に目立たないシワが何本か出来た他は、ピンと背筋の伸びた八頭身も、華やかな美貌《びぼう》も、充分に往年を彷彿《ほうふつ》させた。

「ここに涼ちゃんの好きなものを全部書き出してみたの。全部は無理でも、なるべく沢山作ってね。余ったら持たせて帰すから」

奈保のリストにはハンバーグ・スパゲティ・オムライスのような〝お子様向け〟から、鯵《あじ》のなめろう・鰯《いわし》のつみれ汁・牡蠣《かき》のガーリックソテー・牛肉の赤ワイン煮込みのような〝大人の味〟まで、幅広く載っていた。

「バナナケーキとフルーツケーキは、本に書いてある通りじゃなくて、自分で色々と工夫した自慢のレシピなのよ。これ、フルーツケーキに使って下さいね」

差し出されたガラスの保存容器には、レーズン・杏・パイナップル・プルーンなどのドライフルーツが漬け込んであって、蓋《ふた》を取るとブランデーの芳香がフワリと広がった。

「離婚する時、息子には絶対会わないって条件を出されて……。辛かったけど、諦《あきら》めるしかなかったわ。だから、去年涼ちゃんが会いに来てくれた時は、もう夢じゃないかと」

その時の感激を思い出したのか、奈保は涙を落として洟《はな》をすすった。

息子の来島《くるしま》涼は二十八歳になっていた。祖母が亡くなったのを機に、生き別れになった母に会いに来たのである。

「ママのことは一日も忘れたことはない、ずっと会いたかったって言ってくれて……」

奈保は涙で声を詰まらせた。

「これからは堂々と会おう。パパとママは離婚したけど、僕とママは親子なんだからって」

それ以来、母子は何度も会って、二人だけで過ごした。奈保には至福の時だった。

前回会った時、別れ際に息子は言った。

「今度はママの手料理が食べたいな」

奈保に否やのあろうはずはない。

「私、結婚前に料理学校に通ったのよ。習ってるうちに好きになって、毎日料理に腕を振るったわ。涼ちゃんのおやつも全部手作り。……でも、あの家では家事は家政婦さんの仕事だったから、あんまり歓迎されなくてね」

奈保は一瞬目を伏せたが、再び目を上げると、弾んだ声で言った。

「涼ちゃんにもう一度私の料理を食べてもらえるなんて、本当に幸せ！」

奈保は大輪の花が開くように微笑んだ。

全ての料理を作り終え、さち子とまりは奈保のマンションを後にした。

「母の味って言うけど、私たちが全部作ったのに、ちょっとインチキじゃないですか？」

まりが納得できないような顔で言った。

「良いのよ。母の愛がこもってるんだから」

奈保は十年前、乗っていたタクシーが事故に遭《あ》い、味覚に障害が残った。だからもう、自分で料理をすることはない。

「お願い、さち子さん。私の代わりに私の料理を作ってちょうだい。どうしても、息子に私の味を食べさせたいの」

それが奈保の依頼だった。

「そんなに息子が大事なら、不倫なんかしなきゃ良かったのに」

まりは釈然としない様子で、出てきたマンションを振り返った。

息子が小学校一年の時、奈保は担任の青年教師との不倫現場を写真週刊誌に激写された。当然のように離婚され、息子を取り上げられて婚家を追い出された。

さち子はその時のマスコミの猛烈なバッシングを覚えている。まるで魔女狩りだった。

しかし、奈保は一切抗弁せず、ひたすら沈黙を貫いた。憔悴《しょうすい》しきっていても、一文字に引き結んだ唇《くちびる》には強い決意が表れていた。

子供を持つ身となって、さち子はあの時の奈保の気持ちが分かるような気がした。おそらく、息子に累《るい》が及ぶのを恐れて沈黙を守り通したのだろう。

それ以外にも、想像の付くことがある。

「きっと結婚生活は、早見さんには針の筵《むしろ》だったんでしょう」

婚家の一族は名門で、姑は旧華族出身だった。一方の奈保は母子家庭で、モデルになったのは家計を助けるためだった。大学進学も諦めている。姑が〝身分違いの嫁〟にきつく当たったのは、想像に難くない。

「それに、強い母親の息子って気の弱い場合が多くって、奥さんを守れないのよね」

孤立無援の奈保は、息子の担任の優しい青年に、一時の逃げ場を求めたのかも知れない。

「息子さんも大人になって、その辺のことが分かったから、会いに来たんでしょう」

「でも、早見さんは実業家として成功したわけだし、離婚して良かったんじゃないですか」

「そうね。ただ、息子さんと長いこと引き離されたことは、可哀想だと思うわ」

その夜の母子水入らずの食事が楽しく幸せであるように、さち子は祈っていた。

十一時近くに、奈保から電話があった。

「どうしてもお礼が言いたくて」

涼は大喜びで次々と料理を食べていった。

「昔とちっとも変わらない味だねって、すごく感激してたわ」

残った料理は全て家に持ち帰った。

「これであの子は一生、ママの味を覚えていてくれる。もう、思い残すことはないわ」

奈保はしっかりした口調で先を続けた。

「私、来週ホスピスに入るの」

「えっ⁉」

「肺癌《はいがん》でね。ステージ4なの」

さち子は衝撃のあまり言葉を失った。

「神様には感謝してるわ。死ぬ前に何度も息子に会えた。私の料理を食べさせることも出来た。そしてさち子さん、あなたにもね」

奈保の声は明るく、幸せそうだった。

「私と息子に、一生の想い出を作って下さったわ。本当にどうもありがとう」

さち子はやっと声を絞り出した。

「奈保さんと涼さんのこと、一生忘れません。素晴らしい想い出です。ずっと、大切にします」

「……嬉しいわ」

受話器の向こうで、奈保の声が震えた。

9　遅れ咲き

「もち麦ってダイエットに良いんですって？」

新美貴子《にいみたかこ》が好奇心いっぱいの目で尋ねた。

「はい。ご飯に比べて低カロリーで、繊維質がとても多いんです」

「今日は、もち麦のメニューはある？」

「はい。もち麦入りのサラダとリゾットをご用意しました」

飯山さち子はアシスタントの結城まりの方を指し示した。まりは今、リゾットの材料を鍋に入れているところだ。

「リゾットはミネストローネ風で、トマト味にしました。でも、貴子さんも順子《じゅんこ》さんも、ダイエットの必要ないじゃありませんか。スタイル良いですよ」

「あらあ」

貴子は単純に相好《そうごう》を崩した。七十代後半だが、容姿を褒《ほ》められるのが大好きなのだ。

「さち子さん、このサバ缶はアクアパッツァ、それともハンバーグにするの？」

今度は妹の順子が訊いた。

「ハンバーグです。サバ缶も今、大人気なんですよ」

「そうですってね。スーパーでも時々品切れするって聞いて、驚いたわ」

貴子と順子は、ひと目で姉妹と分かるほど似ている。顔立ちはそれほど似ていないのに、雰囲気がそっくりなのだ。

姉妹は五年前に両親が都内に残してくれた庭付きの一戸建てを売り、マンションに引っ越してきた。先々身体機能が衰《おとろ》えることを見越して、愛着のある家を手放したのだ。

掃除と洗濯は週一回通ってくる家政婦が行い、食事は月二回「出張料理 いい山」を頼んで作り置き料理を誂え、他は外食か弁当らしい。

「私たちが元気でいられるのも、月の半分、さち子さんの料理を食べているお陰よ。健康を考えたメニューを工夫して下さるから」

「普通、身体に良いものって美味しくないんだけど、さち子さんの料理は美味しいわ」

「毎日外食していたら、きっと私たち、今頃生活習慣病になってるわね」

姉妹はさち子への感謝を口にした。と、まるでその続きのように、貴子が言った。

「順子さん、リサイタルのドレス、まだ出来上がってこないのよ。どうしたのかしら」

さち子とまりは一瞬さっと緊張したが、順子は当然のような顔つきで穏やかに答えた。

「先週、届いたじゃないの」

「あら、そうだった？」

「クローゼットの左側に掛けてあるわ。行って確かめてごらんなさいよ」

「いやね。最近、忘れっぽくなっちゃって」

貴子は少女のように身をくねらせた。順子は母親のような目をして、優しく促した。

「それよりお姉様、そろそろレッスンに戻った方が良くないかしら？　リサイタル、来月初めでしょ」

「ああ、そうね。そうだったわ」

順子はさち子とまりに目顔で挨拶し、貴子の肩に手を回してキッチンから連れ出した。

まりは肩の力を抜き、少し大袈裟《おおげさ》に溜息を吐いた。さち子は小気味よい音を響かせてタマネギのみじん切りを始めた。

「まりちゃん、ラストスパートよ」

「はい！」

やがて新美姉妹の一週間分の料理を作り終え、さち子とまりはマンションを辞去した。

「順子さんも、大変ですよねえ」

帰り道、ミニバンを運転しながら、まりが同情のこもった口調で言った。

新美順子は七十五歳。高校の国語教師をしながら俳句を作り、今や俳句作家として大人気である。主催する俳句教室は一年先まで予約がいっぱいで、テレビの俳句番組で講師を務め、去年出版した『俳句のすすめ』はベストセラーになった。

姉の貴子は若くしてピアノの才能を認められ、音大からパリ留学中に某有名コンクールに入賞し、華々しくデビューした。派手な美貌はマスコミの注目を浴び、リサイタルのチケットは即完売の争奪戦だった。恋多き女でもあり、内外の一流音楽家や指揮者と浮き名を流し、結婚と離婚は三回した。

才能溢れる美貌の姉と、地味で目立たない平凡な妹。両親の愛情も姉に集中しがちだった。貴子は「指を傷つけてはいけない」という両親の配慮で、料理も掃除も洗濯も、家事は一切出来ない。それは妹の役目だった。

「順子さん、本当はお姉さんのこと、どう思ってるんでしょう？　少しは『ザマ見ろ』って気持ちもあるのかしら？」

まりはさち子に訊いた。

二回目の破局後、貴子は精神にダメージを負い、精神科医だった順子の夫の診療を受けていたが、それが不倫に発展し、マスコミに嗅《か》ぎ付けられてしまった。貴子は一人で日本を去り、スキャンダルの渦中《かちゅう》に投げ込まれた順子夫婦は離婚した。

「それは本人にしか分からないけど、愛情と憎しみを秤《はかり》にかければ、愛情の方が重いんじゃないかしら。そうでないと、あんな状態のお姉さんを引き取ったり出来ないと思うわ」

貴子はピアノの才能は豊かだったが、精神的には脆《もろ》かったのだろう。結婚と離婚、恋愛と破局を繰り返すうちに精神を病んでしまった。今は、一見正常だが、実は自分の置かれている立場が全く理解出来ない。引退を余儀なくされた事実は記憶から抜け落ち、現役人気ピアニストだと思い込んでいた。

順子の人生は姉とは対照的だった。自費出版した句集が注目され、俳人として認められたのは五十歳間近で、それから定年まで教師を続けながら俳句の道を究めていった。定年後は病院から姉を引き取り、今日まで一緒に暮らしている。老境に至って、その心境に何らかの変化があったのだろうか。

姉妹の間の確執は余人には計り知れないが、それでも根底に愛情がなければ、病人の世話など出来るものではない。

順子が家事を全て業者に任せているのは、姉から目を離せないからだ。ヘルパーや訪問看護師のサポートがあるとは言え、その心労を思うと、さち子など目眩《めまい》がしそうになる。

「順子さんの人生って、幸せの形に似てるわ。不幸は一瞬で全てを破壊するけど、幸せはゆっくり満ちてくるものだから……」

若い頃は月とスッポンのように美しさに差があった貴子と順子が、七十代の今では誰が見ても姉妹にしか見えないのは、順子の幸せが貴子に追いつき、追い越したからではなかろうか。

順子の人生は俳句ひと筋で、地味で面白みに欠けるかも知れない。だが、年を経るごとに豊かになっていった。一方の貴子は、若い頃の華やぎは長続きせず、年と共に多くを失っていった。それは若さと美貌であり、求愛する男のレベルであり、リサイタルの出演料であり、ピアニストとしての評価だった。

「花は、早く咲けば良いってもんじゃない。ゆっくりで良いから大きな花を開いて、長持ちさせることが大切なんだわ」

10　等身大の自分

「三ヶ月ですか？」

客がいささか驚いて聞き返すと、中臣《なかとみ》杣子《そまこ》は鷹揚《おうよう》に微笑んだ。

「ええ。主人たら、スペイン《あちら》でコテージを借りて、田舎暮らしを体験したいんですって」

「まあ、うらやましいわ」

客は追従めいた笑みを返す。

ここは都心の一等地西麻布《にしあざぶ》にある低層マンションの最上階ペントハウス。築十年で、市価は軽く五億円を超えるだろう。杣子の夫・匡《ただし》は大手都市銀行の頭取を務めた人物だが、普通のサラリーマンがこんな超高級マンションに住めるわけもなく、夫婦共に親から資産を受け継いでいるのだ。

飯山さち子はアシスタントの結城まりと共に、キッチンからダイニングの様子を窺《うかが》い、次の料理を出すタイミングを計っていた。

今日は中臣家のホームパーティーで、お客を六人招いていた。中臣家のダイニングテーブルは十人用で、天板は大理石だった。

杣子がホームパーティーに「出張料理　いい山」を利用するようになって三年経つ。それまではホテルのケイタリングサービスを利用していたのだが、夫の現役時代はホテルのパーティー料理をイヤというほど食べてきたので、引退後は毛色の変わった料理にしたいという理由で、さち子が選ばれたのである。

さち子の基本は家庭料理だが、要望があればテリーヌやガランティーヌ、フカヒレの姿煮、鮮魚のパイ包み焼き、ローストビーフと、高級食材を使った料理も提供する。

杣子はコースの最後に出した季節の炊き込みご飯・吸い物・手製の漬け物を、特に気に入ってくれた。

それ以来、月に一度の割合で、中臣家に出張するようになった。別料金でパーティーの配膳と給仕も担当している。

さち子はまりに目で合図し、ワゴンを押してキッチンを出た。まりがテーブルから前菜の皿を下げると、さち子がスープを注いだ皿を置いて行く。二人の呼吸はピッタリだ。

野菜とサーモンのテリーヌの次にフカヒレスープが出てくると、レストランとはひと味違う演出に、客人たちは頰を緩めた。

キッチンに戻るとオーブンを開け、真鯛《まだい》の塩釜《しおがま》焼きを取りだした。鱗《うろこ》と内臓を取り、腹に香草を詰め、卵白を混ぜた塩で一尾丸ごと包んで焼いた料理は、見た目の華やかさが命なので、まず出来上がりを客人に見せてから、解体して各人の皿に取り分けた。

それから半月ほど過ぎた頃である。

仕事先に向かおうとした時、まりのスマホが鳴った。まりはあわててスマホを取りだしたものの、画面を見ると顔をしかめ、電源を切ってポケットに戻した。

「いいの？」

「はい。あんまり話したくない相手なんです。ブランドを買ったとか海外に行ったとかカレシがステキだとか。私は全然興味ないのに、何故しつこくかけてくるんでしょうね」

「きっと、他に自慢できる相手がいないのね」

「そうですね」

まりの父は小学生の時亡くなった。中学の時に母が再婚したが、まりは継父と折り合いが悪く、高校をドロップアウトした。それから紆余曲折を経て、調理学校に通っている頃さち子と知り合い、助手を志願して今に至っている。

さち子とまりは、他人と自分を比較しないという点で、よく似ていた。だから五年以上も上手くやってこられたのだろう。

翌日、仕事場に現れたまりは、ウンザリした顔で肩をすくめた。

「もう、いやんなっちゃう。家に帰ったらまたマサイから電話で……昨日の電話、政《まさ》井《い》みあって同級生です。小学校から高校まで一緒だったけど、特別仲が良いってわけでもなかったのに。向こうは大企業のＯＬだし」

昨年の同窓会で再会した直後から、月に何度も電話がかかるようになったという。

「それも、一方的な近況報告ばっかり。つーか、全部自慢話なんですけどね」

昨日も、婚活で知り合った男性と交際に発展し、自宅に招待されたという話だった。

「西麻布の低層マンションの最上階にあるペントハウスで、床面積軽く二百平米超え、リビングダイニングは五十畳、大理石のテーブルにラリックの花瓶、壁にはミュシャのリトグラフって……まるで中臣さんのお宅みたい。笑っちゃいましたよ」

さち子も笑おうとして、ふと気になった。

西麻布には高級マンションが沢山あるけれど、家具調度類まで中臣家とそっくりな家があるものだろうか？

「ねえ、まりちゃん。政井さんは相手の人のこと、何て言ってたの？」

「普通のサラリーマンだけど、お父さんが杉並区の地主さんで、バブルの時にすごいお金が入ってきたんですって」

まりも話半分に聞いていたので、それ以上詳しいことは分からない。

「まりちゃん、後で政井さんに電話して、相手の人のことを詳しく訊いてくれない？」

不必要に他人に干渉したことのないさち子の言葉だけに、まりも真剣な顔で頷いた。

その夜、まりから緊急連絡が入った。

「さち子さん、大変です！　マサイったら男に唆《そそのか》されて、投資用のマンション買う約束しちゃったんです。来年には三割以上値上がりするから、転売して結婚費用にしようって」

政井みあは婚活で知り合った渡海陸《とかいりく》との結婚を望んだが、陸から「あまりに家の財力が違いすぎると親戚に反対されている」と打ち明けられ、焦って渡海から勧められた投資話に乗り、貯金をつぎ込もうとしていた。

「間違いないわ。結婚詐欺よ。どういう経緯かは知らないけど、政井さんをだます舞台に中臣さんの留守宅が利用されたんだわ」

さち子はすぐさまスペインの杣子に連絡を取り、中臣家から管理会社に通報があって、事件は未然に防がれた。

渡海陸はマンションのコンシェルジェの弟で、ギャンブルの借金返済のため、婚活女性を狙った詐欺行為に手を染めていたのだ。

政井みあは一流大学から一流企業へ就職したは良いが、勉強は出来ても仕事は出来ず、その後の目標を見失った。昨年同期の女性二人が玉の輿に乗ったことで、いよいよ不安と焦燥が募り、詐欺に引っかかってしまった。

「羨《うらや》ましいって言われて、ビックリですよ」

まりはしんみりとさち子に打ち明けた。

「私は迷いなく料理の道を進んでるのに、自分には確かなものが何もなかったって」

高校時代は下に見ていたまりに追い抜かれたと感じ、みあは嫉妬《しっと》に苛《さいな》まれた。頻繁に電話して自慢話を吹聴《ふいちょう》したのだが、まりは気にする風もなく、みあはますます焦っていった。

「他人と自分を比べることないのにねえ」

人は自分以上にも、自分以外にもなれない。等身大の自分で生きるしか道はないのだと、さち子は信じている。

11　退院パーティー

「主人は来週退院できることになったので、お祝いにご馳走を食べさせてあげたいんですけどねえ……」

宮園邦子《みやぞのくにこ》は語尾を溜息に紛らせた。

邦子の夫は先月脳梗塞に見舞われた。発症部位が脳幹だったため、言語機能と左半身に麻痺が出てしまい、退院後もリハビリ生活が続くという。

「病院からは再発防止のために、厳しい食事制限を求められましてね」

まずは脳梗塞の原因となる高血圧対策として、減塩。そして以前から糖尿病を患っているため、糖分も控えなくてはならない。

「おまけに糖尿の影響で腎機能も低下してるんですよ。だからタンパク質とカリウムも控えるようにって」

「それじゃ食べる物がなくなっちゃいますよ」

思わず声を上げたのはアシスタントの結城まりだが、さち子も同感だった。

糖質はご飯・パン・うどんなどの主食類の他に芋類や大豆以外の豆類、それに果物や牛乳にも含まれる。タンパク質は肉・魚・卵・大豆製品や乳製品、そしてカリウムは野菜や海藻にも多く含まれる。

「ご飯もおかずもサラダもダメってことですよね？」

さち子は邦子に尋ねた。

「病院の栄養士さんは何と仰ってました？」

「確かに、これじゃ食べる物がなくなってしまうから、まずは減塩と糖質制限を心掛けて下さいって。……そりゃそうよね」

邦子は苦笑を漏らした。

「だから、退院祝いのお料理は塩分と糖分控えめ、いわゆる塩・糖・脂でお願いします」

宮園家の車寄せに戻ると、まりは感心したように言った。

「良い奥さんですよねえ」

宮園大河《たいが》は人気の作曲家で、アニメやゲームのテーマソングで数々の大ヒットを飛ばしてきた。邦子は大河の作曲したアニソンを歌って人気を博したが、十五年前の結婚を機に引退した。

しかし、大河は結婚前も結婚後も女性関係が派手で、これまで何度も写真週刊誌にスクープされている。

「それなのに、旦那さんの身体に合わせた料理を作って、リハビリに協力しようとしてるんだもの。私なら、絶対に無理」

「きっと夫婦の間には、当人同士しか分からない結びつきがあるんでしょうね」

鱈《たら》とサーモンの二色テリーヌ、生牡蠣とレモン、フカヒレの姿煮、鯛の塩釜、グリルチキン、蟹《かに》雑炊、赤ワインのゼリー。

各国豪華料理の共演は、制約のない家庭だからこそ可能だ。どれも見た目はゴージャスだが、カロリーはあまり高くない。テリーヌには生クリームではなく豆乳を、赤ワインのゼリーにはラカント（カロリーゼロの自然派甘味料）を使った。フカヒレも鯛もチキンも牛豚より低カロリーで、塩釜焼きとグリルは油を使用しない調理法である。しかも野菜類は一度湯がいてカリウムを減らしている。言うまでもなく、全ての料理が塩分控えめだった。

「まあ、飯山さん、素晴らしいわ！」

邦子は胸の前で両手を握り合わせ、歓声を上げた。

「主人もきっとビックリするわ。まさかこんなご馳走が食べられるなんて」

チャイムが鳴った。今日の退院祝いには、大河の友人や仕事仲間も招待されていた。

パーティーは立食形式だった。給仕役を依頼されたさち子とまりは、広いリビングの大テーブルに料理を並べていった。

リビングのドアが開き、車椅子に乗った宮園大河が現れた。邦子が車を押している。

「退院、おめでとうございます！」

「ありがとう。ありがとう」

大河は右手を振って小さく頭を下げた。言葉は呂律《ろれつ》が怪しいが、一応は聞き取れた。

「これからは奥さんと二人三脚で、リハビリ頑張って下さいよ」

「先生が復帰してくれないと『ダークヒーローシリーズ』はお終《しま》いですよ」

「奥さんが付いててくれて、先生もさぞかし心強いでしょうね」

パーティーが始まると、邦子は取り分けられた料理を夫のもとに運び、首にナプキンを掛けたり口元の汚れを拭いたり、甲斐甲斐《かいがい》しく世話を焼いた。

「主人、大満足よ。病院の食事とは大違いだって。当たり前よねえ」

さち子が料理の皿を持っていくと、車椅子の傍らで邦子がはしゃいだ声を出した。

そして宴たけなわとなった時、邦子は夫のそばを離れ、広間の中央に進み出た。

「みなさん、重大なお知らせがあります！」

一同はおしゃべりを止め、声の方を見た。

「私は本日限り、宮園大河と離婚いたします」

みながハッと息を呑み、広間を沈黙が支配した。が、次の瞬間にはどよめきが広がった。

「この人の女出入りに関しては、今更説明の必要もないでしょう。私は数々の不貞の証拠を集めました。もう、堪忍袋の緒が切れました。この家を出て行きます」

そして、青ざめて言葉を失っている車椅子の男を、斬りつけるような目で睨《にら》んだ。

「惨めね。身体も言葉も不自由になって、愛人には捨てられ、頼みの綱の妻にも愛想を尽かされて、独りぼっちよ。結婚してから私が味わった気持ちを、身を以て知るが良いわ」

冷たい声で言い切ると、邦子はさっと身を翻《ひるがえ》し、部屋を出ていった。

その後は収拾の付かない騒ぎになったが、さち子とまりは黙々と後片付けをして、逃げるように宮園家を後にした。

「いやあ、ビックリ!」

帰りの車の中で、まりは興奮して叫んだ。

「あの奥さん、この日を待ってたんですね。最高の復讐《ふくしゅう》をする機会を」

「そうでしょうね」

おそらく興信所を使って浮気の証拠を集めたろうから、慰謝《いしゃ》料はかなりの額になる。

「怖いなあ。旦那の退院祝いの話を聞いた時は、良い奥さんだと思ったんだけど」

だが、さち子は薄々邦子の気持ちに気が付いていた。パーティー用の料理を作るために宮園家のキッチンを使用したが、医療用宅配食はおろか、ほとんど食材の準備がない状態だったからだ。明日から夫の食事療法に努めるつもりなら、こんなことはあり得ない。

「奥さん、がっぽり慰謝料もらって、幸せに暮らすんでしょうね」

あまり幸せにはなれないかも知れないと、さち子は思った。愛憎《あいぞう》一如《いちにょ》という。憎しみの裏には愛がある。これほどの憎しみを抱いた相手なら、つぎ込んだ愛の量も膨大だろう。それが全て消えてしまったのだ。

「愛の反対は憎しみじゃないの。無関心よ」

だから一番不幸な女は、忘れられた女……。

12　愛あればこそ

「ご主人が定年後に大阪で再就職なんて、まさに『亭主丈夫で留守が良い』だわね」

「羨ましい。うちなんて完全に濡れ落ち葉よ。鬱陶《うっとう》しいったらないわ」

「それにお宅、どちらもご両親がお亡くなりになってるんでしょ。運が良いわ」

「まさかこの年になって親の介護で悩まされるなんて、若い頃は夢にも思わなかった」

柏木天音《かしわぎあまね》の家のリビングでは、還暦間近の女たちが思い思いに本音を漏らしている。みな小学校から大学まで擁するお嬢様学校の卒業生で、五十年来の友人だった。

女たちの遠慮のないおしゃべりをＢＧＭに、飯山さち子とアシスタントの結城まりは、キッチンで料理作りに余念がない。

　天音は月一回の割合で「出張料理　いい山」に二週間分の作り置き料理を依頼している。それというのも母校の高等部の校長を務めていて、かなりの激務をこなしているからだ。

「でも、息子が帰ってこないのは、やっぱり寂しいわ。向こうの生活が楽しいらしくて、メールしてもなしのつぶてよ」

「きっと忙しいのよ。何しろハーバードの大学院だもの」

「すごいわよねえ。私なら息子が東大法学部に合格して財務省に入ってくれたら、もうそれ以上、何も言うことないわ」

「天音さんは教育者の鑑《かがみ》ね。旭人《あさと》君を見れば、誰でもそう思うわよ」

　一人息子の旭人は東大法学部を優秀な成績で卒業して財務省に入省したが、三年後に退官し、ハーバード大学の法科大学院に合格して現在留学中なのだった。

　一方、夫の直人《なおと》は一流商社を定年退職し、大阪の子会社の役員に迎えられた。そんなわけで夫婦は別居生活を送っている。

「最初は律儀に土・日はどっちかが東京か大阪に行ってたんだけど、最近は面倒で

「……」

天音はサイドボードに目を向けた。そこには様々な年代の、柏木夫婦と息子の写真が沢山飾ってあった。旭人は背の高いイケメンで、両親の美点だけを受け継いだ顔立ちだった。

友人たちの口から申し合わせたように溜息が漏れた。全ての幸運を独り占めしたような天音に対する、羨望《せんぼう》と嫉妬の現れだ。

「お料理、完成しました。チェックお願いします」

さち子が声をかけると、天音に続いて友人たちもぞろぞろとキッチンに入ってきた。

ハンバーグのデミグラスソース煮、ポテトグラタン、麻婆豆腐、飛竜頭《ひりょうず》、酢豚、スパゲティ用のミートソースとバジルソース、カボチャのそぼろ餡かけ、里芋と烏賊《いか》の煮物、昆布豆、マカロニサラダ、サツマイモのレモン煮、瓶詰めの甘煮を使った栗ご飯の十三品。

友人たちは、いささか怪訝《けげん》な顔をした。

「あら、結構若向きじゃない」

「ちょっと炭水化物多すぎない？」

「最近疲れやすくてね。お医者さんから低血糖だって言われたの。低血糖には炭水化物と大豆製品が良いんですって。それで、敢えてそういうメニューでお願いしたのよ」

天音は友人たちに向かって微笑んだ。

「まあ、栄養にも配慮してくれるのね」

「うちもお願いしようかしら」

友人たちは口々に言う。

「どうぞ、よろしくお願いいたします」

さち子はキチンと頭を下げてから、女性たちに名刺を配った。


キッチンを片付け、道具類をミニバンに積み込んで、さち子とまりは柏木家を後にした。

「息子さん、まだ回復の兆《きざ》しはないんでしょうか？」

まりが気の毒そうに呟《つぶや》いた。

「いくらか表情が明るくなったから、多少の進展はあったのかも知れないわね」

「早く外に出られるようになると良いですね」

さち子も全く同感だった。

旭人がハーバードに留学しているというのは、実は嘘だった。本当は財務省に勤務中に精神的なダメージを受け、辞職して自室に引きこもるようになってしまったのだ。

それまでエリート街道を歩いてきた息子に何が起こったのか、父も母も全く理解出来なかった。ただ、二十六歳の息子が部屋に鍵《かぎ》を掛けて閉じこもってしまった現実だけを突きつけられた。それから三年になろうとしている。

直人は現実に耐えられず、大阪から帰宅しなくなり、今では愛人と同棲している。

天音は息子を殺して自分も死のうと決意するまでに追い詰められた。

出刃包丁を手に旭人の部屋へ向かおうとしたところで、訪ねてきた佐伯苑子に止められた。

苑子は高齢の母と二人暮らしの書家である。天音は三十年近く苑子に師事していた。弟子と師ではあったが、年齢が近く、逆に境遇は大きく違っていたことが幸いして、天音は苑子にだけは愚痴を言い、弱音を吐き、本当の姿をさらすことが出来た。

事情を知った苑子は、衰弱した母の命を救ってくれたさち子に相談した。

「食の力で旭人君を救えませんか？」

「お力になれるかどうかは分かりませんが、出来る限りのことはさせていただきます」

引きこもりの原因の一つに、低血糖を挙げる医師がいる。低血糖は脳の機能低下を引き起こし、疲労・不眠・憂鬱《ゆううつ》・無気力・イライラなど、様々な症状となって現れる。

「だからといって砂糖やお菓子を摂り過ぎると、今度はインシュリンが大量に分泌されて、更なる低血糖を起こす危険があります」

さち子はデンプン質と大豆製品を使ったメニューを提案した。

「それと、旭人君が引きこもった理由は、やはり自分で自分を情けなく思っているからでしょう。親に合わせる顔がないと、自責の念に苦しんでいるんだと思います」

「そんな……」

「だから柏木さん、旭人君にお母さんの気持ちが伝わるような工夫をして下さい。エリートであろうとなかろうとお母さんはあなたを愛している、それを伝えてあげて下さい」

例えば、料理を部屋の前に置く、あるいはキッチンに用意しておく際、ドア越しに一声「ご飯用意できたよ」と声をかける。そしてお盆やテーブルに並べた料理に布巾《ふきん》を掛けておく。

「たったそれだけのことでも、伝わるメッセージが違ってきます。お母さんの愛情が正しく伝われば、旭人君の気持ちにも変化があると思います。愛されているという実感が、勇気を生むんです」

「分かりました。必ず、仰る通りにします」

天音は涙を浮かべて頷いた。

あれから半年近くが過ぎた。旭人の回復がいつになるかは、神ならぬ身の知る由もないが、母と息子を襲った悲劇が一日も早く収束するように、さち子は心から祈っていた。

13　子供食堂

「え、蓮根《れんこん》入れるの？」

「そう。シャキシャキした歯触りになって、すごく美味しいのよ」

「おばさん、餃子なのにどうしてニンニク入れないの？」

「水餃子だから、入れない方がソフトで美味しいの。それに、中国では餃子にニンニクは入れないんですって」

子供たちは好奇心に目を輝かせながら、さち子を取り巻いている。全部で十五、六名ほどだろうか。大きなボールの中に豚の挽肉、ニラ、蓮根のみじん切り、おろし生姜、塩少々を入れてから、さち子は声を張った。

「さあ、みんな、よ〜く混ぜ合わせてね！」

その様子を目を細めて眺めているのは、さち子の母・ゆかりと、同じマンションに住む友人・新津雅美《にいつまさみ》だ。二人は今、炊き込みご飯の仕込みに掛かっている。

ここは雅美の運営する「子供食堂」だ。月に一度、この場所でさち子が「料理教室」を開催するようになって二年が過ぎた。

最初は母に頼まれて、一回限りのボランティアのつもりで協力したが、実際に教室を催して、子供食堂に集う子供たちの想像以上に厳しい現実を目の当たりにすると、ここはどうでも一肌脱がなくては……という気持ちにさせられた。

子供たちの家庭は離婚や死別などで片親（ほとんどは母親）になり、経済的に困窮しているケースが主だが、中には両親共に立派な仕事を持ち、経済的にも裕福でありながら、虐待《ぎゃくたい》を行うケースもあった。

子供たちはさち子の手つきを真似て、餃子の皮で具材を包んでゆく。

「みんな、上手いわね。その調子よ」

子供の指導に褒め言葉は欠かせない。

三百個の餃子を包み終わると、次の料理に取りかかった。

水切りした木綿豆腐をマッシュして、鶏挽肉、戻したヒジキ、ミックスベジタブル、卵、片栗粉を混ぜ、だしの素と酒、醬油で味を調え、手で円盤形に形成する。

「最後に油で揚げて出来上がり。さて、このお料理は何でしょう？」

子供たちはがやがやと相談を始めたが、一人の子が手を挙げた。

「がんもどき」

「正解！」

さち子はパチパチと拍手した。

「良く出来ました。がんもどきは別名飛竜頭とも言います。中身は何でもありですよ」

一番前でさち子の説明を聞いているのは、栃沢《とちざわ》リセという小学校五年の少女だ。父は高級官僚、母は医師で、近所の超のつく高級マンションに住んでいる。しかし、両親はネグレクトという名の虐待を行い、娘にまともな食事をさせなかった。その当時、リセの夕食は小遣いで買ったスナック菓子だった。

しかし、今では「大きくなったらコックさんになって、お店を開きたい」という夢を持つまでになった。

リセを見ていると、不幸なのは金のない家に生まれることではなく、愛のない家に生まれることだと、さち子は痛感させられる。

リセ以外にも、母の再婚相手から虐待を受ける子や、生活苦にあえぐ親から邪険にされる子たちがいた。悲しいことに児童相談所に通報しても、人手不足は深刻で、万全の対応は期待できない。子供食堂の活動も、焼け石に水の類いかも知れなかった。

さち子が一番危惧するのは、いわゆる〝虐待の連鎖〟だった。親に虐待されて育った子供が、自分が親になった時に、子供への虐待を繰り返してしまう。

子供食堂が負の連鎖を断ち切る一助になりますように……そう祈るしかなかった。

新津雅美は自宅マンションで幼児教育の塾を経営していた。生徒は幼稚園または小学校を〝お受験〟する子供たちである。皮肉なことに、子供食堂に通ってくる子供たちとは対照的な家庭環境だが、「子供たちに少しでも豊かな未来を与えたい」という雅美の願いは、どちらの活動にも一貫していた。

雅美の塾は「合格率が高い」と評判で、生徒は予約待ちだという。その収入で五年前から子供食堂を始めた。今ではゆかりのように、活動に共鳴するボランティアも増え、日替わりで何人かが手助けしている。

「お陰で〝信頼できる大人〟を子供たちに紹介することが出来て、とてもありがたいわ」

雅美がさち子に依頼したのは〝みんなで作れる料理〟と〝みんなでひとつの鍋、ひとつの皿を囲める料理〟の提供だった。

「みんなで同じ作業をする、みんなで同じ料理を食べるっていうことが大事なの。どうしても、貧しさや虐待の渦中にあると、学校でも孤立しがちでしょ。だから、ここに来たら仲間がいるって安心して欲しいの」

そういう雅美は、週に一度は季節の炊き込みご飯を準備する。子供たちに日本の伝統の味も覚えて欲しいからだ。

今日は友人が持ってきてくれた岡山土産の干しダコを使った。タコを戻して酒と醤油とみりんで軟《やわ》らかく煮たら、煮汁を使ってご飯を炊き、煮ダコを混ぜて三つ葉を散らす。大人の味であり、子供にも分かる美味しさだ。

にぎやかな食事が終わり、後片付けをして子供たちが帰った後、さち子は雅美に尋ねた。

「どうして子供食堂を開こうと思われたんですか？」

雅美はニッコリ笑って答えた。

「恩返しがしたかったの」

「は？」

「私も虐待された子供だったのよ」

さち子は思わず息を吞んだ。

「両親の仲は険悪で、家の中は喧嘩《けんか》が絶えなかったわ。父親の暴力もひどくて……殴られた母は腹いせに私に暴力を振るって、私には家の中は地獄だった」

近所に一人暮らしのお婆さんがいた。夜になっても公園で時間を過ごす雅美を気に掛け、家に招いてくれた。

「お婆さんの家は温かくて静かで、とても居心地が良かった。ストーブの上にはお鍋がかかっていて、美味しそうな匂いがしたわ。いつも美味しい物を食べさせてくれて、きれいな音楽のレコードをかけてくれた」

雅美は家でどんな辛いことがあっても、お婆さんの家で落ち着いた時間を過ごすと、傷が癒《い》やされるのを感じた。

「学校を卒業して家を出るまで、何とか無事でいられたのは、みんなあのお婆さんのお陰よ。家族でなくても、信頼できる大人が味方になってくれたら、子供は生きて行ける。だから私もあのお婆さんのように、子供たちの味方になろうと決心したのよ」

　雅美の告白を聞いて、さち子は子供食堂が子供たちの防波堤になり、虐待の連鎖を断ちきる力になることを確信したのだった。

14　似て非なるもの

「これ、鯛飯じゃないわ！」

釜の蓋を取って出来上がりを見せた途端、湯川睦子《ゆかわむつこ》が不満の声を上げた。

炊きたてのご飯の上には、見事な鯛が載っていた。出汁で炊いたご飯はほんのりベージュ色で、ピカピカ輝いて粒が立っているし、一度焼いて香ばしさをプラスした鯛は、ふっくらした身から食欲をそそる香りを放っている。

どこから見ても立派な鯛飯で、おまけにとても美味しそうだ。これのどこが不満なのだろう。

飯山さち子はアシスタントの結城まりと顔を見合わせた。二人とも少なからず戸惑い、不安と焦りも感じていた。何をどう間違って睦子の機嫌を損ねたのか、見当が付かない。

「お母さん、何言ってるの？　これ、ちゃんとした鯛飯じゃないの」

睦子の娘のひかりが、たまりかねたように口を出した。声に叱責の響きが混じっている。

「だって、こんなの、違うもん。鯛飯じゃないわ。鯛飯はこんなんじゃないわ」

睦子はまるで駄々っ子のように言い募る。

「ねえ、いい加減にしてよ。今日はお母さんの誕生日だから、せっかくさち子さんにご馳走作ってもらったのに。鯛飯が食べたいって言ったの、お母さんじゃない！」

ひかりの声が刺々《とげとげ》しくなった。

さち子はハッと閃《ひらめ》いた。

「ひかりさん、睦子さんのご出身はどちらですか？」

「東京ですけど……」

言いかけて、ひかりはふと思い出した顔になった。

「でも、祖父が保険会社に勤めていたので、あちこち転勤になって行ったそうです」

「愛媛県の宇和島《うわじま》にいらしたことはありませんか？」

ひかりは記憶をたぐり寄せるように眉を寄せ、それから大きく頷いた。

「中学の三年間、宇和島にいたって聞きました。親友もいて、すごく想い出深い土地だったみたいです。元気な頃は中学校の同窓会には必ず参加してました」

「それで謎《なぞ》が解けました。睦子さんは、宇和島の鯛飯が食べたかったんです」

さち子はまりに「大急ぎで鯛のお刺身を買ってきて」と頼んだ。まりはすぐさま部屋を飛び出すと、駐車場に止めたバンを運転してスーパーに向かった。

「睦子さん、すぐに鯛飯を作りますから、安心して下さいね」

さち子が優しく語りかけると、睦子もやっと笑顔を取り戻した。

「今日は他に、睦子さんの大好きな茶碗蒸し、海老真丈《えびしんじょ》の出汁仕立て、柔らかミートローフ、餡かけ豆腐、豚の角煮も作りましたよ」

ミートローフの具材の野菜類は炒める前に電子レンジで加熱し、豚の角煮は圧力釜で十分煮て、箸でちぎれるほど柔らかくした。他の料理も噛《か》まなくても食べられるくらい柔らかいものばかりだ。

睦子は八十二歳。一日一回車椅子に乗って散歩する以外は介護ベッドに寝たきりで、認知症も始まっていた。現在は要介護5。

娘のひかりは総合病院の勤務医だ。夫とは離婚し、一人娘は結婚して家を出た。つまり、睦子は一日の大半を一人で過ごしている。

さち子は最初、こんな状態で睦子が施設に入所しないでいるのが不思議だった。

「私も最初は在宅介護なんて無理だと思ってたわ。でも、患者さんで在宅ホスピス緩和ケアのサービスを利用した方がいて……」

末期癌で余命三ヶ月と診断されたその患者は、在宅介護に切り替えて五年過ぎても存命で、それどころかすっかり元気になっていた。

「それで、在宅介護を考えるようになったの」

要介護4、5になると使えるサービスも格段に増える。ひかりは毎日朝・昼・晩・夜の四回ヘルパーを頼み、一日置きに訪問看護師、週一回訪問医と訪問入浴サービスを頼んだ。

「それなら私が介護離職しなくてもやっていけるし、将来私が一人暮らしになっても、住み慣れた家で最期を迎えられる。医療サービスが充実してるのは、本当にありがたいわ」

費用を比べると、在宅介護の方が施設に入居しているよりいくらか安い。睦子の年金の範囲内で充分に賄うことが出来た。

「それもビックリだったわ」

今の睦子の最大の楽しみは、食べることと週一回の入浴だった。

「お風呂に入れるのは訪問入浴さんのお陰、美味しい物が食べられるのは、さち子さんのお陰よ」

同居の家族がいる場合、介護ヘルパーは身体介助のみで家事の補助が出来ない。だから激務で、しかも料理があまり得意でないひかりは、「出張料理 いい山」を定期的に利用していた。普段は作り置きが中心だが、今日の献立は誕生パーティーを祝うご馳走だ。

「ただ今戻りました！」

鯛のサクのパックを片手に、まりが戻ってきた。

「まりちゃん、青ネギ刻んで！」

二人は手早く調理に取りかかった。

出汁に醬油・酒・みりんを合わせてつけだれを作り、そぎ切りにした鯛の刺身を漬ける。炊きたてのご飯にヅケにした鯛を載せ、溶き卵を掛け回したら、青ネギ、煎り胡麻、刻み海苔を散らす。炊き込みご飯とは別の、豪華卵かけご飯とも言うべき宇和島の鯛飯だ。

「ああ、これ。これが食べたかったのよ」

睦子は嬉しそうに鯛飯をスプーンですくい、口に運んだ。

もちろん、睦子の刺身には隠し包丁を入れ、小さめにカットしてある。

「それでは、どうもありがとうございました」

「こちらこそ、お世話様でした」

「また、よろしくお願いします」

さち子とまりは湯川母子の住むマンションを後にした。

「私、湯川さんを知って、勇気が出ました。一人暮らしでも施設や病院でなく、住み慣れた自宅で最期を迎えられるんだって思うと」

運転席でシートベルトを掛けながら、まりが言った。

「まりちゃんはまだまだ先の話じゃないの」

「でも、知ってると知ってないじゃ、大違いですよ。実際、老後が不安だからって理由で結婚する人もいますから」

それはさち子も同感だった。

「私も、子供に迷惑は掛けたくないと思っていたけど、厄介にならずにすみそうだって分かって、とても安心したわ」

そして、さち子には母のゆかりがいる。まだまだ元気で若々しいが、老いの影は忍び寄ってくる。母が年老いて要介護になった時、同じ家で暮らして介護できたなら、きっと安心だろうと思うのだった。

15　お手柄さち子

「先月、振り込め詐欺に遭ったのよ」

永子《えいこ》の言葉に驚いて、さち子もまりも一瞬調理の手が止まった。

「ど、どうして、また？」

「いわゆる還付金詐欺。区役所の健康局保険金課のナントカって男から電話があって」

平成二十五年度から二十九年度の高額医療費の払い戻しが三万円弱ある旨通知したが、書類は届いているかと尋ねられた。

「まるで記憶になくて。そしたら返還手続きの期限は切れてるんだけど、特例としてこの電話で手続きの代行をするって言うの。役所がそんなに親切だなんて思わなかったから、恐縮して何度もお礼を言っちゃった」

山内《やまうち》永子は猫三匹と暮らす還暦の独身作家だ。去年腕を骨折した時、編集者に紹介されて「出張料理　いい山」を利用した。それ以来月に一度、作り置き料理を依頼している。

永子の注文はいつも、野菜料理を二、三品と「酒の肴《さかな》になるお総菜」を十品。永子は業界でも有名な酒呑みなのだ。

だから今日のメニューは小アジとタマネギのマリネ、砂肝のネギ生姜和え、海老と椎茸のゼリー寄せ、スペイン風オムレツ、カブの含め煮そぼろ餡かけ、ワカメとキュウリのナムル、チキンとポテトのトマト煮等々、日本酒とワインに合う料理を取り揃えた。

永子は好き嫌いがなく、何でもよく食べる。

「利用している銀行を訊かれてMって答えたら『明朝十時にM銀行の担当者からお電話がありますので、預金通帳と印鑑、銀行カード、身分証明書を準備してお待ち下さい』って。私、ホント感激しちゃった。あんまり親切で」

そして翌朝「M銀行サービスセンターのスズキ」と名乗る男から電話があった。

「払い戻しには引き替え番号を取得していただきます。これには最新式の機械を操作していただくのですが、専門的になりますので、必ず行員の指示に従って下さい」

スズキの主導で遣り取りが続き、永子の利用しているM銀行の支店には最新式の機械が設置されていないので、駅へ行く途中にあるATMへ行って欲しい、と告げられた。

「お着きになりましたら、すぐお電話下さい」

最後にスズキは念を押した。

「私もバカよね。すっかり信用してのこのこ出掛けていったんだから」

そしてスズキの指示でATMを操作した。

「カードの左にチップはありますか？　ではカードを入れて、本人確認のボタンを押して下さい。ない？　それでは残高照会という表示になっているかも知れません。そちらを押して下さい」

彼らの狡猾《こうかつ》なところは「本人確認」「取得番号照会」など、実際にはない名称を告げ、その代わりとして「残高照会」「振込」のボタンを押させるところだ。

「だから実際には振込を押してるのに、別のボタンを押しているような気がするのね」

スズキの流れるような指示は続いた。

「では、国指定の取扱金融機関を出していただきます。地方銀行を押して下さい。それから四国銀行を選んで下さい。次に……」

さすがに永子もおかしいと思い始めた。天下のM銀行が、どうして地方銀行を指定してくるのか？

「そうしましたら旭《あさひ》支店を……」

冷静になって画面を見れば、完全に振込の態勢である。永子は作業を中止した。

「あなた、振り込め詐欺でしょう！」

相手は何か言ったが、すぐに電話を切った。

「良かったですねえ。途中で気が付いて」

さち子がホッと胸をなで下ろすと、まりも気遣わしげに言った。

「怖いですね。住所・氏名・電話番号を知ってるってことは、名簿が渡ってるんですよ」

すると永子はニヤリと笑った。

「実はね、これには続きがあるのよ」

事件から半月後「葛西警察署捜査二課のヤマダ」と名乗る男から電話がかかってきた。

「振り込め詐欺グループの一人が捕まって、押収した証拠品の中に私の個人情報があったんですってさ」

この事件は警視庁案件になったので、警視庁の捜査に協力して欲しい。もしかしたら警視庁までご足労願うかも知れない、云々。

「でも私、ピンときたのよ、怪しいって」

捜査一課、二課などがあるのは警視庁や県警クラスで、所轄《しょかつ》署にあるのは刑事課なのだ。

「よくご存じですね」

「これでもミステリー書いてるのよ、私」

永子はすぐに葛西警察署に電話した。応対した刑事課盗犯係の刑事は「振り込め詐欺に間違いない」と断言した。おそらく言葉巧みに警視庁の近くに連れ出し、銀行カードを盗むか、スキミングする狙いだったのだろう。

「ついでに、すごく良いこと教わったわ」

警察署の電話番号は、大阪やいくつかの地域を除いて全国的に下四桁《けた》は０１１０が多く、それ以外の番号で警察を名乗ってきたら一度詐欺を疑って良い。

「それと、固定電話は基本的に留守電にしなさいって。犯罪者はテープに声を残すのを嫌がるから。やってみたらセールス電話の防止にもなって、一石二鳥よ」

更に、携帯を持ってＡＴＭに行けというのは間違いなく詐欺だと忠告された。

「編集者に聞いたんだけど、最近はどこの役所も電話で還付金の話は絶対にしないようにしてるんですって。全部文書で通知するって。還付金詐欺があんまり増えたから」

さち子もまりも、ひたすら感心して頷いた。

「振り込め詐欺を撃退した日は、お二人が作ってくれた料理を肴に、シャンパン空けてお祝いしちゃった」

永子は楽しげに笑い声を立てた。

それから一週間ほど経った。

さち子は銀行の無人ＡＴＭに立ち寄った。先客は七十代の女性一人。携帯電話を耳に当てながら機械を操作している。

「え？　ないですけど……ああ、はい」

電話の相手は次の指示を出したようだ。女性は「え？　あ、〝振込〟ですか？　はい、ありました」と答え、ＡＴＭの画面にタッチしようとした。

さち子の頭に永子の話が蘇《よみがえ》った。これは……!?

「奥さん、操作を中止して下さい！　相手は振り込め詐欺です！」

女性は驚いてさち子を振り返った。

「いえ、相手はＭ銀行の……」

「失礼します！」

さち子は女性の手から携帯をもぎ取った。

「あんた、振り込め詐欺でしょう！」

「まさか。私は医療費払い戻しの手続きを」

「ＡＴＭを操作してお金が戻ってくるわけないでしょ！　それに銀行員は携帯越しにＡＴＭの操作をさせたりしません！　これからすぐ警察に通報します！」

さち子は電話を切って女性に返した。

「私、だまされてたんですね」

女性は夢から覚めたような顔で言った。

「被害がなくて良かったですね」

さち子は微笑みながらも、誰もが犯罪被害者になる時代が来たことを痛感していた。

16　若き日の恋と料理

「ええと、パーティーと言ってもあんまり格式張って考えないで下さいね。ホームパーティーとは、内輪の集まりですから」

飯山さち子は二十人ほどの女子大生を前に、面映《おもは》ゆい思いで言葉を続けた。

ここ志宝珠《しほうじゅ》学園はさち子の母校で、小学校から大学までお世話になった。自分の学生時代を思い出すと、偉そうに講義しているのが何とも気恥ずかしい。

今日はサークル「料理研究会」から頼まれて、パーティー料理の講義と実習をすることになっていた。メニュー内容と材料は前もって伝え、人数分を買い揃えてもらった。

「まず最初はオードブルです。外国のパーティーでは、お寿司はオードブル扱いされることが多いんですよ。ほら、一口で食べられるでしょう？」

さち子は黒板に書いた料理名を指した。

「ゼリー寄せ、テリーヌ、ガランティーヌ。これらは前日、あるいはもっと前に作り置きすることが可能な料理です。覚えておくと便利ですよ。特にゼリー寄せは、具沢山のスープをゼラチンで固めるだけですから」

実習では夏野菜のゼリー寄せを作る予定だった。彩り豊かな野菜のゼリーは、見た目が豪華でありながらさっぱり食べられる。

「一口サイズの料理も、役に立ちますよ。ピンチョスとか、プチトマトや半分に切った茹で卵の中に詰め物をするとか、餃子の皮で小さなピザを作るとか、ですね」

実習はメイン料理、ご飯物、デザートまでを予定していた。ちなみにメイン料理はローストビーフ、ご飯物は夏野菜のカレー、デザートは今が旬のフルーツをたっぷり使ったカクテルとタルト。調理台の上には杏、キウイ、サクランボ、桃、マンゴー、メロンが並んでいた。お嬢様学校だけに、予算は潤沢なのだ。

実習が終わりに近づいた頃、一人の学生が遠慮がちに声をかけてきた。

「あのう、先生。ロールキャベツはパーティー料理に向かないですか？」

「いいえ、そんなことありませんよ。小さめにこしらえれば食べやすいし、ソースの上からチーズを振ってちょっとオーブンで焼いたりすると、よりゴージャスになります」

「ああ、良かった。私、ロールキャベツ大好きなんです」

素直な言葉に「良い子だな」と思い、さち子は微笑を誘われた。すると、長い間忘れていた出来事が不意に脳裏に蘇った。

さち子は大学に進学した年、慶應の学生と付き合っていた同級生に、三歳年長の本《ほん》条卓《じょうすぐる》を紹介された。

ひと目見た瞬間、さち子は卓の背後に後光が差すような錯覚に陥った。背が高くてハンサムなだけでなく、人を圧倒する独特の雰囲気を身にまとっていた。今の言葉で言えば「オーラがある」だろう。

「『花菱』の娘さん？　あそこは親父の行きつけでね。僕も何度か連れて行かれたな」

さち子の素性を知ると、卓はさらりと言ってのけた。父親が有力な投資ファンドを運営していることは、後で知った。

卓は有名ブランドの服を着て、高級レストランに出入りし、ジャガーとポルシェを乗り回していたが、少しもイヤミではなかった。生まれながらにそういう生活をしていたからだろう、ごく自然で板についていた。

言うまでもなく、さち子は一目で恋に落ちた。今ならそんな愚は犯さないが、あの時はまだ十九にもなっていなかったのだ。

卓も、どこが気に入ったのか、後日デートに誘ってくれた。さち子は天にも昇るような気持ちを味わった。

しかし、天から地べたに落下するのに時間はかからなかった。すぐに、卓には他に何人も付き合っている女性がいることが分かった。

「だから、何?」

卓は不愉快そうに眉をひそめて言った。

「君には関係ないだろう」

さち子は言い返せなかった。確かに、妻でもなく婚約者でもない。それなら、卓を束縛する権利は一つもない。

結局、さち子は見て見ぬ振りをして卓との交際を続けた。悲しく口惜しかったが、卓を失うのはもっと耐えられなかった。

今思い返せば、卓との関係は恋人ではなく主従、いや、飼い主と犬だった。さち子は常に卓の気持ちを忖度《そんたく》し、意を迎えようと愛想を振りまいて尻尾を振り続けた。卓は気が向けばさち子の方を向いてくれたが、気が向かなければそっぽを向いたままだった。

デートの日、さち子は約束の十五分前には必ず待ち合わせ場所で待っていた。卓は三十分遅れることもあれば、一時間遅れることもあり、時にはすっぽかされた。だが、文句を言えばもう会ってくれないかも知れず、それを思うとさち子は黙るしかなかった。

そのくせ、さち子が電車が遅れて約束の時刻ギリギリに到着した時、珍しく五分前に来ていた卓は「さんざん人を待たせて」と、終始機嫌が悪かった。気まぐれで家に電話して、さち子が留守だったりすると、次のデートで泣いて謝る羽目になった。

その年の夏休み、卓に海辺のドライブに誘われ、さち子は「それじゃ、私、お弁当を作っていくわ」と提案した。

腕によりをかけて美味しい弁当を作り、卓の気持ちを自分に惹き付けたかった。

昼頃に湘南《しょうなん》に着き、海岸のベンチに座って丹精込めた弁当を広げた。プチトマトのカプレーゼ、スペイン風オムレツ、夏野菜の揚げ煮、太刀魚《たちうお》の照り焼き、アスパラの肉巻、そしてロールキャベツ……。

ひと目見るなり、卓は不機嫌に顔をしかめた。

「僕はロールキャベツ、大嫌いなんだよ。今まで何度も一緒に食事してるのに、そんなことも気が付かなかった？」

そして非難するような口調で続けた。

「不愉快だ。どこか店を探して食事しよう」

さち子は唖然《あぜん》として言葉を失った。同時に、何かが音を立てて崩れてゆくのを感じた。

その日以来、さち子は卓に会っていない。バブル崩壊のあと、ニュースで名前を聞いたような気もするが、記憶は曖昧《あいまい》だ。

今はもう、卓を恨む気持ちはない。冷酷なのは生まれつきで、意図したわけでないと分かったからだ。さち子にだけでなく、付き合っていた全ての女性に冷酷だったのだろう。

不幸なのは冷酷な性格と女を惹き付ける魅力が一人に備わっていたことだ。卓と関わった女性だけでなく、本人にとっても。あの魅力は永遠ではない。年と共に減じてゆく。若さを失った時、心から信頼し合える伴侶も友人もいないのは、きっと寂しいだろう。

それにしても、私って、若い頃からずっと料理に助けられてきたのね。

今、料理を生業にしているのは、あの頃から定められた運命だったのかも知れない。そう思うと、さち子の心には料理への感謝が湧いてくるのだった。

17 終活の心得

七月の初め、飯山さち子とアシスタントの結城まりは、書家の紅鴛《こうえん》こと佐伯苑子宅に赴いた。今日は毎月一度の作り置き料理ではなく、パーティー料理の注文だった。

「内々のお祝いで、古くからのお弟子さんを招待しているの。年配の女性ばかりだから、あまり胃にもたれない料理をお願いします」

要望に従い、季節の魚介を使った料理をメインに据えることにした。

前菜の白身魚のテリーヌは生地にキノコを混ぜてフードプロセッサーにかけ、インゲンと人参を具材に入れて彩りを華やかにした上で、スモークサーモンで全体を巻いてアクセントを付けた。

他には冬瓜と茗荷と車海老のゼリー寄せ、枝豆のヴィシソワーズ、ホタテ真丈の蟹餡かけ、一尾丸ごとを使った鱸《すずき》の中華風姿蒸し。肉料理はラムのロースト。羊肉は最近、美容と健康に良いと女性人気が高い。これらの料理は全て見た目は華やかだが、脂肪分が少なく、カロリーも控えめだ。デザートは旬の桃を使ったババロワにした。

「お食事には穴子チラシをご用意しました。穴子も今が旬ですから」

冷たい料理は全て完成し、アワビは温めるだけ、鱸は蒸すだけになっている。オーブンからは仔羊の焼ける良い匂いが漂ってきた。

苑子はキッチンを見回し、目を輝かせた。

「まあ、なんて美味しそうなの！　皆さん、きっと大喜びよ。さすがはさち子さんだわ」

ヘルパーが苑子の母・珠子の身体を支えてやってきた。珠子は脳梗塞の後遺症で左脚が不自由だが、杖《つえ》を突いて歩くことが出来るし、九十二歳という年齢にしては各臓器の状態は良く、食欲も旺盛だった。

「珠子さん、今日は大ご馳走ですよ」

ヘルパーが話しかけると、珠子は嬉しそうに微笑んだ。

「佐伯さん、トウモロコシのすり流しを作っておきました。冷蔵庫に入れてあります。明日の朝、お母様と召し上がって下さい」

「ありがとう。助かります」

焼いたトウモロコシを昆布出汁で丸ごと煮てミキサーにかけ、漉したスープは、温めても冷やしても美味しいが、夏の暑い朝には冷たい一杯を飲むと、それだけで元気が出る。

「そう言えば、今日はどんなお祝いですか？」

台所を片付けながらまりが尋ねた。

「実はね、お墓を買ったの」

意外な言葉に、まりもさち子も驚いて作業の手を止めた。苑子はこれまで書家としていくつか賞をもらっていたから、今回も何かの受賞祝いだろうと思っていたのだ。

「うちが母一人子一人なのは、以前お話ししたと思うけど……」

珠子が助産師をしながら女手一つで苑子を育てたという話は聞いていた。

「実は、母は私が二歳の時に離婚したんです。昔のことなので、離婚したというだけで白い目で見られたりして、祖父母や伯父たちとも疎遠になったみたいで……。そんな経緯があるので、実家のお墓には入りたくない、私と二人で入れるお墓を探して欲しいって、前々から言われてはいたんですけど」

これまで約二十年間、珠子の体調は安定して元気でいたので、墓のことは現実的に考えていなかった。しかし、去年突然体調が激変し、苑子は初めて母の死を身近に感じ始めた。

「仰ることは良く分かります。うちの母も八十を過ぎてますけど、とても元気で、このままいつまでも死なないでいてくれるんじゃないかって、そう思ったりするんですよ」

さち子が共感を込めて何度も頷くと、苑子はいたずらっぽい笑みを浮かべた。

「それにね、うちの母ったら『でも、独りでお墓に入るのは寂しいから、あなたが死ぬまでお骨はそばに置いといて』なんて言うのよ。だからますます先のことのように思えて、今まで真剣に考えてこなかったんだけど」

今年の春、親しいお弟子さんが「墓終いをすることになった」と打ち明けてくれた。

夫婦共に一人っ子で、子供もなく、しかも東京での生活が半世紀近くなり、故郷にある実家の墓を守れなくなった。そこで新しく東京に墓を求め、夫婦の実家の墓の骨を合葬し、自分たちも同じ墓に入ることに決めた。

「今は墓終いをする人が増えてるらしいわね。でも、そういう人は責任感があるのよ。放ったらかして無縁墓（供養する人のいない墓）にしてしまう例も多いんですって」

一番費用が掛かるのは墓石の撤去作業で、その夫婦の場合、両家の墓の始末に合計で三百万円以上掛かったという。

「その方が新しく買った墓所のパンフレットを見せて下さったの。そうしたら、ひと目で気に入ってしまって」

それは本郷《ほんごう》にある寺の敷地内に建てられた納骨堂形式の室内墓所だった。

「今はこういう、建物の中のお墓が人気なのね。美術館かホテルみたいな外観で、お天気を気にせずお墓参りが出来て」

苑子の弟子は「最初は霊園墓地を買おうと思ったけど、墓終いの時、土中の湿気のために骨壺《こつつぼ》に水が溜まっているのを見て、室内墓にしようと思った」と語った。

「本郷の○○墓陵は、参拝するブースを選んでICカードを入れると、自分の家の遺骨が出てくるの。立体駐車場みたいな感じね。普通サイズの骨壺が二箱収納できて、将来供養する人がいなくても費用は一律九十万円ですって。『これだ！』って直感したわ」

ちなみに、四寸の小型骨壺なら四箱、専用骨袋に入れれば十五柱収納可能で、移し替え作業や遺骨の供養は全て寺がやってくれる。

「気になって他の霊廟《れいびょう》のパンフレットも取り寄せてみたんだけど、供養する人がいない場合は費用が二倍以上に跳ね上がったり、繁華街の真ん中にあって雰囲気が良くなかったり、どこもイマイチだったのよ」

納骨堂形式の室内墓は、立体駐車場のように遺骨が移動するものと、しないものがある。

遺骨が移動しない納骨堂は、安置する場所が仏壇形式か、ロッカー形式か、その形と大きさと材質によって値段も違い、最高級の青山の霊廟の特別壇は六百万円もするという。

「お墓が決まったら、気持ちが落ち着いたわ。変な話だけど、これでいつ死んでも安心だって思えるの。母のお骨と私のお骨が眠る場所がちゃんと決まって、本当に良かった」

さち子にも他人事ではなかった。自身は飯山家の墓に入ることになるだろうが、子供の代になったら分からない。一人っ子の修斗が一人っ子と結婚したら、夫婦で二つの墓を維持しなくてはならないが、果たしてそれが出来るかどうか心許《こころもと》ない。それに、今の時代、一生結婚しない可能性だってあるのだ。

「さち子さん、シャンパン、余分に冷やしといて下さい。皆さん、お酒は強くないのに、シャンパンだと必ずお代わりなさるのよ」

苑子は晴れやかな笑顔で締めくくった。

18 西と東

「こんにちは。お邪魔します！」

「いらっしゃい！」

香川初子《かがわはつこ》は声を弾ませ、飯山さち子を玄関に迎え入れた。

「さあ、どうぞ。飲み物は勝手に冷蔵庫に入れといてね」

リビングのテーブルには五人分の箸と取り皿、フルートグラスがセットされていた。先に到着していた三人の元同級生は、台所で何やらにぎやかに騒いでいる。

「はっちゃん、鍋借りて良い？　鰯のつみれ汁を温めたいの」

リビングに声をかけたのは青山夏江《あおやまなつえ》だ。

「どうぞ、使って」

さち子は手提げ袋からタッパーを取り出した。持参したのはなめろう、白身魚のテリーヌ、ミニトマトのカプレーゼの冷たい料理三品と、プロセッコ……イタリアのスパークリングワインだ。

今日、初子のマンションに集まった四人は私立のお嬢様学校の卒業生で、十年前のクラス会で再会してから、年に一度ほど「女子会」を催すようになった。五年前の席上、初子が「二次会でお店変えるの面倒だから、うちでやらない？」と提案してくれ、それ以来毎年、各自手料理と酒を持参して香川家を来訪するようになった。

テーブルには次々と自慢の料理が並べられた。さち子持参の三品と夏江のつみれ汁の他、空心菜の辛味噌炒め、生春巻き、豚の角煮、車海老のテルミドール等、個性的で国際色も豊かだった。

「私、太巻き寿司作ったのよ。シメに食べましょうね」

「はっちゃんの太巻き寿司は芸術的よね。絵画の世界だわ」

「イヤねえ。プロに褒められるようなもんじゃないわよ。田舎料理だもん」

「ご謙遜。あれはプロも真似できないわ」

初子は嬉しそうに頬を緩めたが、さち子とてお世辞を言ったわけではない。初子の太巻き寿司は千葉県出身の母親直伝で、切り口が絵のように美しい逸品なのだ。

初子は大学卒業後、外務省の職員と結婚した。夫の所属は在外公館課で、ただでさえ海外出張が多い上に、外国で災害があると即出動なので、ほとんど単身赴任同然だという。一人娘の志摩《しま》は外資系ＩＴ企業に就職すると、都内のマンションで一人暮らしを始めた。そんなわけで初子は「一人暮らしみたいなもんよ」になり、平日は実家の病院で医療事務のパートをしているのだった。

「実はねえ、娘が結婚することになったの」

料理と酒を三分の二ほど平らげ、おしゃべりの華も一段落した頃、初子が漏らした。

相手は会社の一年後輩だという。

「まあ、おめでとう！」

「よかったわねえ！」

友人たちは心からの祝福を口にした。初子が常々「うちの娘、仕事一本槍で、もしかしたら一生結婚できないかも知れない」とぼやくのを聞かされていたからだ。

しかし、何故か初子の表情は冴えない。

「だって、手放しでは喜べないのよ」

初子は大きな溜息を吐いた。

「相手の人に何か問題でも?」

「いいえ。本人は至って好青年よ。あんな伴侶をゲットして、娘もやるなと思ったわ」

「それじゃ、何が心配なの?」

「親よ。相手の人、京都出身なのよ」

初子は不快そうに眉をひそめた。

「私、女子大生の頃、お茶を習ってたんだけど、先生の姪が京都の老舗の娘で、時々遊びに来てたわけ。それがもう、今思い出してもムカつくくらいイヤな女で……」

六月のある日、初子は先生に頼まれて一緒に歌舞伎座に行ったが、その娘は初子が単衣の着物に冬物の帯を締めているのを「お宅はどなたもものを知りはらへんのやねえ」と露骨にバカにしたばかりか、「東京のうどんの汁は真っ黒でとても飲めない。あれは人間の食べ物じゃない」「東京の人はデリカシーがない。他人の家を訪ねて長居して『お茶のお代わりは如何ですか？』と聞かれたら、普通は辞去するのに、東京の人は帰ろうとしないでお代わりする」等々、東京の悪口をこれでもかと言い放った。

「相手の人の実家も京都の老舗なんですって。私、あんな所に娘を遣れないわ」

初子は感情を高ぶらせて首を振った。

「だけど、それはお茶の先生の姪が特殊なだけじゃないの？」

「結婚したって、相手の人は別に実家を継ぐわけじゃないんでしょう？」

「外資系のＩＴ企業で働いてるなら、国際感覚だって豊かだと思うし……」

同級生たちは口々に初子を宥《なだ》めようとしたが、初子は頑《かたく》なだった。

「みんなも京都旅行で御茶屋に行った時のこと、覚えてるでしょ？」

それは三年前のことだ。知り合いに頼んで予約してもらって御茶屋に上がったのだが、女将も仲居も一瞥《いちべつ》で服装や持ち物を値踏みしている感じで、あまり愉快ではなかった。

「上から下まで、目つきが遣手婆《やりてばばあ》だったじゃないの。京都の老舗って、あの世界よ」

そして、大袈裟なほど顔をしかめた。

「一番心配なのは食べ物の違いよ。恋人の間はともかく、夫婦となったら日常生活でしょ。食べ物の好みの違いで毎日イヤな思いをしたら、上手く行きっこないわよ」

同級生たちは口々に初子を慰《なぐさ》めながらも、チラチラとさち子を見た。「初子の誤解を解き、京都のトラウマから解放できるのは、あなたしかいない！」と、その目は訴えていた。

「任せて！」と、心の中でさち子は応えた。


一週間後、仕事で京都に出張したさち子は「新福菜館《しんぷくさいかん》」の持ち帰り用ラーメンに手紙を添え、クール宅配便で初子に送った。

数日後、初子から電話があった。

「ビックリしたわ！　スープが真っ黒！」

「でしょ。京都市民に大人気の店なのよ」

「娘に電話したら『知らなかったの？』って言われちゃった。娘も彼も、あの店のラーメンが大好物なんですって！」

初子の声は弾んでいた。

「あの店の『焼き飯』っていう、真っ黒いチャーハンも大好きなんですって」

「京都の人が普段から薄味の料理を食べてると思ったら大間違いよ。濃口醬油と薄口醬油、出汁の違いはあるけど、東京の人が美味しいと思う物は、京都の人にも美味しく感じられるわ。分からないのは味オンチよ」

初子は電話口で楽しげな笑い声を立てた。

「あ〜あ、私、一気に気が楽になったわ。バカみたい。心配させて、悪かったわね」

「気にしない、気にしない」

娘を愛すればこその取り越し苦労を、さち子は笑う気にはなれなかった。

19　タマの猫生

「もしもし、さち子さん？　山内です」

十月の初旬、空の青く晴れ上がった、いかにも秋らしい日和の午前中、山内永子から電話がかかってきた。猫三匹と暮らす独身の還暦（実は先月に過ぎた）作家である。

「ああ、山内さん。明後日お伺いする予定ですが、何かご希望がございますか？」

「それがね、ちょっとトラブルがあって、今回はキャンセルしていただけませんか？」

永子の口調はいつになく弱々しかった。

「はい。それは構いませんが、どうかなさいましたか？　お声の感じがちょっといつもと違うような……」

「実はね、今、入院してるの」

「まあ！」

「大したことないのよ。来週には退院できると思うんだけど」

それにしてもざっと計算して一週間の入院になる。それは大したことだと思うが、差し出口を挟むのは遠慮した。

「それはまた、お気の毒なことでございます。どうぞ、お大事になさって下さい」

「ありがとう。退院したら、また電話します」

そんな遣り取りがあってから七日後、再び永子から電話があった。昨日退院したので、なるべく早く作り置き料理をお願いしたいという。すでに来月の末まで「出張料理いい山」の予約は埋まっていたが、永子は病み上がりである。不自由しているに違いない。

「あのう、通常の時間外で、十九時からの作業でよろしいでしょうか？　それなら明日にでもお伺い出来ますが」

「ほんとうッ!?　助かるわ、ありがとう！」

というわけで翌日の夜、さち子はアシスタントの結城まりを先に帰し、一人で永子のマンションを訪れた。

「いらっしゃい。どうぞ、お待ちしてました」

玄関に応対に出た永子の右手は、親指の付け根一帯に包帯が巻いてあった。

「お怪我なさったんですか？」

「うん。そこから感染症起こしちゃってね」

さち子はバンに積んできた食材をキッチンに運び入れ、調理に取りかかった。

酒呑みの永子の注文は「酒の肴になる総菜」が定番だ。そして栄養を考えて野菜中心のメニューを二、三品。この日は秋の甘いカブを使ったカブラ蒸し、旬の鯖《さば》を使ったしめ鯖、里芋の麻婆煮込み、シラス入りだし巻き卵、秋鮭《あきじゃけ》のソテー茸《きのこ》ソース、焼き秋刀魚《さんま》と秋野菜の南蛮漬け、ルッコラのお浸し、マッシュポテトおにぎり等を用意した。ジャガイモをマッシュしてエスカルゴに使う香草バターを包んで握り、ラップしたおにぎりは、電子レンジで温めるとバターが溶けて芋に馴染み、とてもおしゃれな料理に変身する。

手早く料理を作り終えると、さち子は家から持参したタッパーを差し出した。

「これはお見舞いです。イチジクのコンポート。デザートに召し上がって下さい」

「まあ、ありがとう。いただきます」

熟れ過ぎたイチジクを安いブランデーで煮て冷やしただけだが、ほどよい甘味と酸味を洋酒の芳香が引き立て、高級感は満点だ。

「お怪我は事故か何かですか？」

さち子がキッチンで後片付けをしながら尋ねると、永子は恥ずかしそうに答えた。

「それがね、猫に引っ掻《か》かれたの」

「ええっ！」

「まさかそれくらいでって思うでしょ。私もそう思ったわ。消毒して絆創膏《ばんそうこう》を貼っとけば治るって。そうしたら……」

翌朝、引っ掻かれた右手はグローブのように腫《は》れ上がっていた。あわてて外科の外来を受診した結果、感染症を起こしていると診断され、即入院となった。

「それからが大変よ。担当編集者に連絡して締め切り延ばしてもらうやら、猫シッターさんにうちの子たちの世話を頼むやら……」

さち子は以前、永子の飼っている三匹はいずれも保護猫だと聞かされた。そのうち一番新しいのは去年の夏に保護された黒猫だった。元は飼い猫だったらしく避妊手術を施されていたが、二年近い野良生活の後遺症か、警戒心が強く、なかなか懐こうとしないと嘆いていた。今回、永子を引っ掻いて入院させたのはその黒猫タマだった。

「まったく、『親の心、猫知らず』ですね」

永子は割り切った表情で首を振った。

「まあ、タマにはタマの理屈があるんでしょう。こいつは野良生活で辛い思いをいっぱいしたから、素直になれないのも分かるし」

他の二匹は永子の膝の上と足下に寝そべってリラックスしていたが、タマは部屋の隅からじっとこちらの様子を窺っている。下から上を睨み付けるような目つきで、何とも人相、いや猫相凶悪に見える。ちっとも可愛くない。こんな猫を保護した永子はカスを摑まされたと、同情したくなった。

「タマだって最初から憎たらしかったわけじゃないと思うのよ。結構甘ったれなところもあるし、元の飼い主さんに飼われていた時代は、可愛かったのかも知れない。うちで暮らす間に、その頃の気持ちを取り戻してくれれば良いんだけど……ダメでもしょうがないわね」

永子は膝の上の三毛猫をなでて言った。

「ペットなんて可哀想なものよ。基本的に親兄弟も友達もいない。飼い主さんだけが家族で、頼りなんだから」

さち子もその意見には賛成だった。自分ではペットを飼ってはいないが、もし飼うのなら、家族の一員として迎え入れ、キチンと面倒を見て、最期まで看取るのが義務だと思う。安易にペットを飼って捨てる人や、金儲けのために劣悪な環境で繁殖させる業者は許せない。法律で厳しく罰せられるべきだ。

「私は駐車場で野良生活してるタマを見て、可哀想で耐えられなくて引き取ったの。その時、絶対にこの子を幸せにしようって誓ったわ。だから私に懐かなくても構わない。ただ、この家で安楽に暮らして人生……猫生《ニャンせい》を全うしてくれたら、それで充分よ」

そして苦笑しながらタマを見遣った。

「ただ、先住猫たちとは上手くやって欲しいわ。一応先輩を立てておけば問題ないのに、タマったら時々喧嘩売るから困っちゃう」

「山内さんは偉いですねえ。私、猫にそこまで寛大になる自信、ないです」

永子は寂しげな目でさち子を見返した。

「さち子さんはお子さんがいらっしゃるもの。猫の機嫌なんか取る必要ないでしょう。私にはこの三匹が、子供みたいなものだから」

「それは……責任重大ですね」

さち子の言葉で永子から寂しさの影は消え、愛おしむような表情が浮かんだ。

「そうなの。最低、あと二十年は生きないと。だからこれからも、美味しくて健康に良い料理、お願いしますね」

「はい、頑張ります！」

さち子は明るく答えて大きく頷いた。

20 お墨付き

「ああ、さち子さん、いらっしゃい」

オートロックを抜け、部屋の前のドアチャイムを押すと、佐伯苑子は穏やかな笑顔でさち子とアシスタントの結城まりを出迎えた。

玄関の中はほんのかすかに墨の香りが漂っている。苑子の家では馴染みの匂いだ。

二人は台車に積んだ食材を廊下から玄関に入れ、キッチンへと運び込んだ。

リビングでは苑子の母・珠子が大きなソファにもたれ、時代劇チャンネルを放送中のテレビを前にうたた寝をしていた。

「今日はちょっとバタバタしてるんだけど、よろしくお願いします」

苑子はキッチンに声をかけると、奥の座敷に引っ込んだ。畳の上に毛氈《もうせん》が敷かれ、その上には一メートルはあろうかという画仙紙《がせんし》が載っている。普通に見かけるサイズよりかなり大きな硯《すずり》で墨を擦りながら、苑子は真剣な顔で画仙紙を見つめていた。これから書く作品に精神を集中しているのだろう。

苑子は「紅鴬《こうえん》」という号の書家である。

「きっと大きな書道展に出す作品ね」

さち子はまりに囁《ささや》き、大きな音を立てないように注意しながら作業に取りかかった。

十一月に入ると秋は深まり、冬の訪れを予感させるような日もある。今日の作り置き料理は温かいメニューを中心に組んだ。

蓮根の挟み揚げ、根菜スープカレー、筑前煮、蓮根入りハンバーグ、タラモサラダ、サバ缶のトマト煮、人参のバジルサラダ、キャベツと塩昆布の浅漬け、カブと鮭《さけ》のグラタン、そして生春巻き……レンジで温めて食べても美味しいように、卵焼きと挽肉の甘味噌炒めを巻いてある。

デザート用に焼き林檎《りんご》とミカンゼリーを作った。珠子は焼き林檎が大好物だという。

二人が料理を全て作り終え、後片付けを始めた頃、苑子も一段落したらしくキッチンに姿を現した。

「あら、嬉しい。母が喜ぶわ」

苑子は焼き林檎を見て目を細めた。

「先生、ちょっと伺ってよろしいですか？」

洗い物の手を休めずにまりが尋ねた。

「友達に書道をやってる子がいるんです。今度どこかの小さな書道展に入選したんで、お祝いに何か書道で使う物を贈ってあげたいんですけど、どんな物が良いでしょうか？」

苑子は一瞬困ったような顔になった。

「そうねえ、私はその方の作品を観てないので、何とも言えないけど……漢字とかなと、どちらをお書きになるの？」

今度はまりがキョトンとした顔になった。

「えっ？　あの、漢字とひらがなって、道具が違うんですか？」

「それはもう、全然」

まりは助けを求めるようにさち子を見たが、さち子も同じ書道で漢字とかなにどんな差があるのか、全く知らなかった。

「漢字は一字でも意味があるでしょう？　だから墨の黒味とか、字の存在感が重視されるの。渇筆《かっぴつ》と言って、筆の毛に空気が入ることによって生まれるかすれも大切よ。その点ひらがなは、文字をつなげて初めて意味が生まれる。だから連綿という、二つ以上の文字をつなげて書くテクニックが大切なの」

当然ながら筆も墨も紙も、漢字とかなでは適する品が違う。漢字には黒味が強い墨と吸い込みの良い唐紙《とうし》や楮《こうぞ》の紙、かなにはなめらかで粒子の細かい墨と筆の滑りの良い三椏《みつまた》や雁皮《がんぴ》の紙が適している。

「筆については言うまでもないわね」

さち子とまりは顔を見合わせ、思わず溜息を吐いた。

「書道って、大変なんですね」

「そうなのよ」

苑子は苦笑を漏らした。

「知らない人には『字を書くだけだからお金掛からなくて良いわね』なんて言われるけど、硯も筆も墨もピンキリで、高い物は何百万もするし、紙だって展覧会となったら高い紙で何枚も練習して、完成したら表装に出して……お金掛かってるのよ」

さち子は初めて苑子の家を訪れた時、収納スペースが多いことに驚いたのを思い出した。感心してそれを褒めると、苑子は「仕事柄、紙を沢山ストックしておかないといけないから」と答えた。今にして思えば、他にも書家の知られざる苦労は色々あったのだ。

「あのう、それで、取り敢えず友達に贈るとしたら何がよろしいでしょうか？　予算は一万円以内で考えてるんですけど……」

まりが気を取り直して再び尋ねた。

「墨が一番無難だと思うわ。筆や紙は好みがあるけど、墨なら一万円で高級品が買えるし、当たり外れもないから」

硯は高級品は数百万円もする。言い換えると一万円では大して良い品は買えない。

「プレゼントを選ぶ前に、まず書道展に行って、その方の作品が漢字かかなか、確かめてからにした方が良いですよ」

「分かりました。ありがとうございます！」

まりは深々と頭を下げた。

「ああ、良かった。佐伯先生の話を聞かなかったら、ありがた迷惑なプレゼントを贈っちゃったかも知れない」

帰りのバンを運転しながら、まりが言った。

「そのお友達は、書道歴は長いの？」

「小学生の頃からずっと書道塾に通っていたそうです。高校でも書道部に入ってました。優しくて穏やかな人で、私とは結構気が合ってたんですけど、卒業してからはあんまり会う機会がなくて」

まりの友人・貝《かい》塚《づか》冬《ふゆ》美《み》は短大卒業後、勤務する会社の先輩社員と結婚した。将来を嘱望されるエリートだったが、実はひどいＤＶ男で、結婚からわずか二年で冬美は命からがら実家に逃げ戻り、離婚した。

「しばらくはショックで無気力になって、寝たり起きたりが続いたそうです。でも、一昨年から少しずつ回復して、やっともう一度筆を執る気になったって」

新しい会社で働きながら書道の勉強を再開し、今年の秋の書道展に入選を果たした。

「それは本当に良かったわね」

「私も嬉しいです。完全に立ち直ってくれたみたいで」

冬美からは「新しい気持ちで人生をやり直すつもりです。書道と二人三脚で、焦らず歩いて行きます」とメールが来た。

「いつか書家として生きて行きたいって」

「あら、それじゃ佐伯先生のことを教えてあげたらどうかしら？　冬美さんの参考になるかも知れない」

「そうですね。女性書家の大先輩だし」

まりは思い出したように呟いた。

「プレゼント、気に入ってくれると良いけど」

「大丈夫。紅鴛先生のアドバイスだもの。それこそ〝お墨付き〟よ」

さち子は笑ってまりの膝をポンと叩いた。

21 うっかりさち子

「さッちゃん！」

呼び止められて振り向くと、ホームに三好《みよし》夏帆《なつほ》と青山夏江が立っていた。三人とも同じ地下鉄に乗っていたようだ。今日はこれから志宝珠学園の同級生、香川初子のマンションで忘年会の予定だった。

改札を抜ける時、さち子と夏江はＰＡＳＭＯ《パスモ》を出したが、夏帆はスマホをかざして通り抜けた。

「あら、スマホで大丈夫なの？」

「モバイルＳｕｉｃａ《スイカ》を入れてるの。あなた方も入れたら？　便利よ。駅もコンビニもスーパーも、全部スマホでＯＫだもの」

夏帆は珍しそうにスマホを眺めるさち子たちに、少し得意そうに言った。

「こんにちは。お邪魔します」

「いらっしゃい。お待ちしてました」

初子は笑顔で同級生を出迎えた。海外出張の多い夫と暮らす初子は、年一回の女子会の会場に自宅マンションを提供してくれている。今年は秋にすでに集まったのだが「せっかく令和初の年末だから、忘年会やりましょうよ」ということで、急遽《きゅうきょ》開催が決まった。

三人とも得意料理と酒を持参している。

さち子は手作りあん肝、芽キャベツのアンチョビエッグソース、イイダコの柔らか煮、春菊のナムルを作ってきた。

生のあん肝を丁寧に洗って酒で蒸した手作りの味は、多くの居酒屋で出す既製品と比べると、はるかに柔らかくクリーミーで口溶けが良く、別物と言っても良い。茹でた芽キャベツにアンチョビと茹で卵、生クリーム、マヨネーズのソースを掛けた一品は、バーニャカウダの豪華濃厚版といった趣《おもむき》だろうか。

初子は今が旬の赤貝・ヤリイカ・平目の刺身と、牡蠣のアヒージョ、里芋と蟹のグラタンを用意していた。

夏江は鱈とカリフラワーの中華スープ煮とサツマイモのレモン煮、夏帆はもらい物だというシャンパンを四本も持参した。

同級生とは不思議なもので、何十年会わなくても再会した途端に学生時代に戻れる。ましてさち子たちは年に一回は会っている親密さなので、五十を過ぎた今も、あっという間に少女時代に戻ってしまう。

「キャッシュレス決済は、今が狙い目よ」

どんな切っ掛けからその話題になったのか、夏帆がスマホを取り出して説明した。

「ＰＡＳＭＯは何の特典もないでしょ？　あれは広く行き渡っているから、サービスする必要がないからよ。でもＬＩＮＥ《ライン》 Ｐａｙ《ペイ》やモバイルＳｕｉｃａ、楽天ペイその他、スマホ決済はまだ集客率が低いので、値引きとかポイント還元とか、色々な特典があるのよ」

夏帆の言うことは、実は全て娘の受け売りだった。娘は出版社勤務で、担当する雑誌でキャッシュレス決済の特集をした際、色々知識を仕込んできたらしい。

「日本は遅れてるわよ。中国じゃ、屋台でもみんなスマホ決済なのに」

さち子もスマホ決済だと軽減税率が有利になるとは、おぼろげながら知っていた。政府がキャッシュレス経済を推進したい意向だと聞いたこともある。

しかし、さち子は徹底して現金主義だった。銀行のキャッシュカードにクレジット機能が付いているので、ネットの買物の支払いに利用してはいるが、普段は携帯しない。

子供の頃から母のゆかりに「借金と月賦《げっぷ》はしちゃいけない」と言われて育ったせいもあるだろうが、クレジットカードがあると、手元に現金が無くても買物が出来てしまうのがなんとも不安で、不信感を拭えなかった。

日本で自己破産者が急激に増えたのはクレジットカードの普及と軌を一にしていると聞いたことや、宮部《みやべ》みゆきの『火車《かしゃ》』を読んだことも影響しているかも知れない。

「日本でキャッシュレスが進まないのは、必要に迫られてないからだと思うわ」

頬をピンク色に染めた初子が、四本目のシャンパンの栓を抜いて言った。

「だって日本のお札って、すごく技術が高くて、偽札が作れないんですって。だからアメリカみたいに偽札が出回ることってないし」

そしてしみじみと後を続けた。

「うちの亭主が言ってたわ。自分の国の通貨を信頼して使える国は、本当はそんなに多くないって。中国人だって、本音では元《げん》よりドルを信じてるって」

さち子は初子に同感だったが、スマホにモバイルSuicaを入れていたら便利でお得だろうとは思っていた。


週明け、さち子は長野に日帰り出張した。翌日、振込のために近くのATMに立ち寄った。バッグから通帳の入っている袋を取り出して、カードが無いことに気が付いた。通帳とカードはいつもその袋に入れておくので不審ではあったが、引き出しの中に落ちているのだろうと思い、帰宅した。

しかし、カードは無かった。机の中や仕事用バッグの中も調べたが、どこにもない。

前にATMを利用した時、気付かぬうちに落としたのかも知れないと思い至った。

それから大急ぎで銀行のサービスセンターに電話してカードを止めてもらい、支店に駆け付けて再発行の手続きを取った。

　それからがまた大変だった。

「ネット通販は受け付けてくれないし、保険料の引き落としも出来ないし、全部新しいカードの番号に直さないといけないのよ。こんなひどい目に遭うなんて！」

　さち子はアシスタントの結城まりに泣き言を言った。

「でも先生、不正利用されていなかったんだから、不幸中の幸いですよ」

　まりは同情して慰めてくれた。

「いったい、どこで落としたんでしょうね？」

「それが全然記憶にないのよ。カードを無くしたこともショックだけど、落とした記憶がまるでないのもショックだわ」

　さち子は肩を落として溜息を吐いた。

　銀行員には「もし紛失したカードが出てきたら、それは速やかに処分して下さい」と言われたが、もう手元に戻ることはないだろうと思っていた。

　ところがそれから三日もしないうちに、さち子は無くしたはずのカードを発見した。

何と、自分の財布のカード入れに入っていたのだ。長野出張の際、万一を考えてカードを持参したのだが、日頃持ち歩かないため、財布に入れたことをすっかり失念していた。

「ああ、もう！　私、若年性アルツハイマーかも知れない！　もうダメ！」

あまりの間抜けぶりに、さち子は頭を抱えてしゃがみ込んだ。

「先生、しっかりして下さい！」

まりは笑いを堪《こら》え、さち子を叱咤《しった》した。

「予定表を見て下さい。来年まで予約でいっぱいですよ。落ち込んでる暇はありません！」

22 見えない糸

令和の時代になって初めての正月を、飯山さち子は母・ゆかりのマンションで、久しぶりに里帰りした息子の修斗と三人で迎えた。

機械メーカーに就職した修斗は大阪本社に勤務している。社員寮での単身生活は三年目に入った。さち子は一日も早く東京に帰ってきて欲しいのだが、修斗は大阪での暮らしに寂しさも不自由も感じていないようだ。

おせち料理はゆかりの担当で、普段料理を仕事にしているさち子は手を出さない。

ゆかりのおせちには煮染《にし》め、昆布巻き、鮭なます、黒豆といった昔ながらの料理に、ローストビーフ、白身魚のテリーヌ、オマール海老のコンソメゼリー寄せなど、洋風の料理が加わってバラエティー豊かだ。全て保存がきいて食べ飽きない。

「それにしても、お祖母ちゃんの黒豆は最高だね。どの店の黒豆より美味い」

修斗は真顔で言ってゆかりを喜ばせた。

「あんたも大人になったじゃない」

わざと冗談めかして言ったが、さち子は内心感慨深いものがあった。キチンと言葉に出して人を褒められるのは、コミュニケーション能力のたまものだ。

修斗はさち子とゆかり、女二人の手で育てられた。母一人子一人で、おまけにお祖母ちゃん子ではどうしても過保護になりがちである。ひ弱にならないか、ワガママにならないか、心配していたが杞憂に終わったらしい。

おせちに比べるとお雑煮は平凡だ。醤油仕立ての汁に小松菜と鶏肉とカマボコ、焼いた角餅。昔ながらの東京風である。

「修ちゃん、お餅いくつ?」

「二個」

「まあ、近頃の若い人は、本当にお餅を食べなくなったわねえ」

ゆかりは呆れた声を出した。

「いいじゃん。その分、おせちいっぱい食べてるし」

オマール海老を口に放り込んだ修斗が、テレビのリモコンを手に取って告げた。

「俺、土曜に大阪に戻るから」

六日の月曜が仕事始めなので、余裕を持って新幹線のチケットを予約したという。

「それじゃ、東京駅まで見送りに行くわ」

「いいよ、別に。大袈裟だな」

「帰りに大丸デパートで買物もしたいし」

そんな遣り取りがあって、土曜の午後、さち子は半ば強引に東京駅に同行した。

道中、久しぶりに母子二人で過ごす間、特に深刻な話をしたわけでもないが、互いの気持ちは充分に伝わった。

「またね。元気で」

「お袋も。お祖母ちゃんによろしく」

のぞみ号がホームを離れると、さち子も踵《きびす》を返して階段に向かった。

駅のコンコースは大勢の人でごった返していた。その中で、五メートルほど先を行く男性の後ろ姿がさち子の目に飛び込んできた。

一瞬、息が止まりそうになった。田神伸也だった。髪の毛には白い物が混じっているが、首筋や肩の感じ、歩き方など、伸也そのものだ。別れてからすでに二十八年近いが、さち子の網膜《もうまく》にはハッキリとその姿が焼き付いている。見間違えるはずがない。

さち子は見えない糸に引っ張られるように、その男性の後をついて行った。何をどうしたいのか、自分でも分からなかった。追いかけて顔を確かめたいのか……、そして、その結果伸也だったらどうしたいのか……。話がしたいのか不実を詰《なじ》りたいのか、それとも……。

男性は外回りの山手線の階段を上った。さち子は充分に距離を取ってホームに立ち、そっと横顔を窺った。

伸也だった。容貌は六十に近い年齢を感じさせたが、元の造作は変わっていない。やがて電車が到着し、伸也は人波に呑まれるようにして車両に吸い込まれた。一瞬垣間見えた表情は伏し目がちで、どことなく寂しげだった。

電車が走り去った後も、さち子はその場を離れることもなく、呆然と佇《たたず》んでいた。伸也は何故日本にいるのだろう？　ロサンゼルスで暮らしているはずなのに。仕事の関係で来日したのだろうか。

　伸也は家付き娘のさち子と結婚し、名料亭「花菱」の後継者となったが、花菱は名料理人だったさち子の父の急死によって没落した。伸也は重圧に耐えきれず、責任を取る形で出奔《しゅっぽん》した。署名捺印済みの離婚届を残して。さち子が妊娠に気付いたのは、その後だった。

　同じ頃、花菱の元仲居で帰国子女の香西玲那と伸也が、ロサンゼルスで同棲していると注進があった。玲那は高級和食レストランをオープンし、全米にチェーン展開させるほどの成功を収めた。伸也は総料理長として活躍していると、さち子も風の便りに聞いていた。

　今更恨む気持ちはないし、未練もない。当時の伸也の苦しい立場に同情さえしている。すっぱり割り切ったつもりだった。

　それなのに、いきなり当の本人を目の前にすると、動揺を抑えきれない。ふさがっていた傷口が開きかけたような気がする。

　どうしたら良いんだろう？

　忘れることだ。きっと、伸也はまたアメリカに帰るだろうから、この先二度と会うこともないだろう。それに月曜からは出張料理の仕事も始まる。仕事に集中しなくては……。

新年の初仕事は共働き家庭の作り置き料理だった。

江畑《えばた》甲斐《かい》・ユラは夫婦共に売れっ子のイラストレーターで、自宅兼仕事場は白金《しろかね》の高級マンションである。好き嫌いもアレルギーもない、ありがたいお客さんだった。

ロールキャベツ、鱈とジャガイモのチーズ焼き、蓮根入りハンバーグ、伊勢海老のグラタン、ワカサギのマリネ、菜の花の胡麻和え、春菊のナムル、京菜と油揚げの煮物、金目鯛の煮付け、鰤《ぶり》大根、ビーフシチュー……。

約三時間でアシスタントの結城まりと十五品の料理を作り終え、仕事場に声をかけた。

「完成しました。チェックお願いします」

二人は目を輝かせてキッチンに入ると、出来上がった料理を前に歓声を上げた。

「ステキ！　ご馳走ばっかり」

「今日の夕飯は高いワイン開けちゃおう！」

　さち子とまりはキッチンを片付け、リビングに出た。ユラがソファから立ち上がった拍子に、テーブルの上に積み重ねた手紙類を崩してしまった。さち子は足下に舞い落ちた一枚の葉書を手に取り、ユラに渡そうとしてハッとした。それは開店の挨拶状だった。

「『菱の実』店主　田神伸也」

　さち子は自分の顔が強張《こわば》るのを感じたが、ユラは何も気付いていなかった。

「ああ、そのお店ね。友達がそこの内装手掛けたんで、うちにも案内状が来たの」

　さち子は東京駅で見かけた伸也の姿を思い出し、皮肉な巡り合わせに呆然とした。

23 「菱の実」

「さち子さん、金曜なんだけど、仕事の後で一時間ほどお時間いただけないかしら？折り入ってご相談したいことがあるの」

山内永子からそんな電話があったのは仕事始め翌日の火曜日の夜だった。

「分かりました。まりちゃんには先に帰ってもらうことにします」

さち子は気軽に引き受けた。永子は小説家なので、取材かも知れないと考えた。

翌日、アシスタントの結城まりと永子の家を訪れたさち子は、例によって酒の肴になるメニューを中心に料理を作った。

鰯の梅煮、小アジの南蛮漬け、中華風茶碗蒸し、春菊のナムル、牡蠣のベーコン巻き、里芋と烏賊《いか》の煮物、ホウレン草と鮭のグラタン、バジル風味のポテトサラダ、カブの含め煮、アクアパッツァ、蒸し鶏、浅漬け……。

仕事を終えると、まりは手荷物をまとめて「お先に失礼します」と帰っていった。

さち子はエプロンを外して永子の顔を窺った。相談とは何だろう?

「さち子さん、座って。すぐお茶入れるから」

永子はさち子をリビングに誘ってお茶を出した。しきりに時計を気にしてソワソワしているが、いっこうに話が始まらない。

「あのう……」

さち子が問いかけようとすると、オートロックのドアホンが鳴った。永子はホッとした顔で応答に出て、解錠ボタンを押した。そしてさち子に向き直って頭を下げた。

「突然でごめんなさいね。実は、あなたに会ってもらいたい人がいるの。前に取材でアメリカに行った時、すごくお世話になった人で、平身低頭されて、どうしても断れなくて」

さち子にはまるで見当が付かなかった。

ほどなく玄関のチャイムが鳴り、永子はリビングを出て、訪問客を連れて戻ってきた。

さち子は息を呑んでその場に凍り付いた。客は香西玲那だった。二十八年経っても、その顔は忘れようがない。

「お久しぶりです」

玲那は神妙な顔で、深々と頭を下げた。

「山内さんを怒らないで下さい。私が無理を言ってお願いしたんです」

「あの、私は一時間ほど出てますから、お二人で気兼ねなくお話しなさって下さい」

永子はそう言って、ほとんど逃げるようにその場から立ち去った。

「出張料理をなさっているんですね。山内さんから伺いました。やはり親方の血は争えませんね。とても評判がよろしいとか」

すでに五十半ばを過ぎているはずだが、玲那は今も華麗な美女だった。失った若さの代わりに威厳と風格が備わっている。

最初の衝撃が消えると、さち子の心も不思議なほど凪いでいた。怒りも嫉妬も憎しみもない。過ぎ去った年月の重みまでが、風に乗って遠くへ運ばれてゆくような気がした。

「言い訳をするつもりはありませんが、これだけは申し上げておきます。私が和食レストランを起業するために渡米した時、田神さんは『花菱』を飛び出して行き場を失っていました。だから料理人として協力をお願いしたんです。私が引き抜いたわけではありません」

さち子は玲那の言葉を疑わなかった。昔、母のゆかりも似たような推論を口にした。

「その後、一時的に同棲したことは事実なので、清廉潔白とは言えませんけど」

玲那は「ｈｕｌｕ」という高級和食レストランを全米に七店舗展開している。伸也はそのチェーンの総料理長のはずだ。

「ただ、元々ビジネスで始まった関係なので、長続きはしませんでした。三年足らずで経営者と料理長に戻ってしまいました」

玲那は苦笑を浮かべたが、その表情は一週間前の天気予報を見直すように屈託がない。全ては過ぎ去った出来事で、もはや記憶というより記録に過ぎないのだろう。

「ところで、今日はいったいどういうご用件でしょう？」

さち子は不審に思って尋ねた。まさか過去の経緯を説明するために、こんな面倒な手順を踏んだわけではあるまい。

玲那は「いかにも」という風に頷き、用件を切り出した。

「実は、田神さんは昨年いっぱいで当社から独立なさいました。今年から日本で和食店をオープンするそうです。そのことをお耳に入れたくて……」

玲那はバッグから一枚の葉書を取り出し、さち子の前に置いた。イラストレーター夫婦の家で見た、あの案内状だった。

「田神さんは日本を離れてからも、ずっと花菱と親方の料理が頭から離れないようでした。来る日も来る日も、なんとか親方に近づきたい、かつての花菱で出しても恥ずかしくない料理を完成させたいと、工夫を重ねて精進してきたんです。新しく始めるこのお店は、これまでの料理人生の集大成だと思います」

玲那は真っ直ぐにさち子の目を見つめた。

「店名の『菱の実』は、多分花菱の実……花菱から生まれ、花菱に育まれたという思いが込められているんでしょう。だから私は、親方の娘であるさち子さんに、田神さんの料理を食べて欲しいんです。花菱の名にふさわしい料理かどうか、確かめて欲しいんです」

さち子は東京駅で見かけた伸也の横顔を思い浮かべた。伏し目がちで、どこか寂しげに見えた……。

「でも、どうして急に日本でお店を開くことになったんです？　二十八年もアメリカで活躍してきたのに」

「きっと、何年も前からそのつもりで準備していたんだと思います。それに、今度私が結婚することになったので、それが切っ掛けになったかも知れませんね」

相手は会社の新しい顧問弁護士だという。

「自分でもビックリです。今までビジネスひと筋で、結婚なんて考えたこともなかったのに。やっぱり年を取ったのかしら？」

玲那は照れ笑いを浮かべた。

「いいえ、ご縁があったんですよ」

さち子は優しく微笑み返した。

「玲那さん、ありがとうございます。私、母と息子を連れて、この店に行ってきます。亡くなった父も喜んでくれるはずです」

玲那は安堵したように溜息を漏らした。

「私、田神さんには心から感謝しているんです。これで少しだけ恩返しが出来ました」

玲那は晴れやかな笑顔を残し、マンションを出て行った。

入れ替わるように永子が戻ってきた。すっかり恐縮して、伏し目がちになっている。

「山内さん、今日は仲介の労を執って下さって、ありがとうございました」

「気を悪くしてない？」

「とんでもない！　お陰様で、長年の宿題が片付きそうです」

もはや伸也と復縁することはあり得ないが、感情のしこりを取り除き、伸也と修斗を父と子に戻してやることは出来そうだった。

24 父の料理

二月一日の土曜日、飯山さち子は母のゆかり、この日の午後に大阪から戻った息子の修斗を伴い、今年一月にオープンした和食店「菱の実」を訪れた。

離婚した元夫の田神伸也が経営する店だ。

別れに際しては伸也が出奔した形なので、ゆかりと修斗にはわだかまりがあるかと思ったが、伸也の再出発の経緯を話すと、二人とも意外なほどあっさりと同行を承知した。

特に修斗はクールで、伸也に関しては血のつながった父親ではなく、〝アメリカで成功した和食の達人〟という受け止め方をしているようだった。考えてみれば生まれる前に父はアメリカへ渡り、その後はずっと没交渉だったのだから無理もない。

店は番地で言えば銀座二丁目、銀座通りと昭和通りの間の路地に面した雑居ビルの三階にあった。真っ白いのれんの掛かった清潔な佇まいに、〝良い店〟の雰囲気が漂っていた。

「いらっしゃいませ」

入り口の戸を開けると弾んだ声が掛かった。店内は、カウンター六席、テーブル席二つとこぢんまりしている。

真新しい白木のカウンターの向こうには二人の料理人がいた。一人は伸也で、もう一人は二十代前半の若者だ。

「飯山様、どうぞこちらに」

サービス担当の若い女性が、三人をカウンター席に案内した。

「本日はようこそいらっしゃいませ」

伸也は三人を前に丁寧に一礼した。落ち着いた物腰で、あくまでも料理人と客の関係に徹していた。

「何か召し上がれない食材はございますか？」

伸也は敢えて尋ねた。さち子とゆかりにアレルギーや好き嫌いがないことは知っているはずだが、修斗のことは知らない。それとも、若い料理人に見本を示したのだろうか。

「お飲み物は如何なさいますか？」

サービス係が飲み物のメニューを差し出した。食事は二万二千円のコースのみとなっている。三人は一杯目はビールを頼んだ。

先付けは白和え、煮物、焼き物の三種。白和えにはクリームチーズを使ってあり、煮物は小ぶりな牡蠣で、絶妙の味付けだった。焼き物はクリーミーな口当たりで濃厚な味わい。軽く味噌を塗って焼いたらしいが、一口目は正体が分からなかった。二口目にやっと、自家製の胡麻豆腐を焼いたのだと気が付き、その発想に驚嘆した。

椀物《わんもの》は茶碗蒸しの雲丹餡かけ。亡父・周平の得意料理であり、「花菱」の名物でもあった。

そっと匙《さじ》を入れて口に運んだ。舌に広がるその味に、さち子は一瞬涙が出そうになった。それは紛れもなく周平の味だった。花菱の料理だった。花菱を去ってからの二十八年間、伸也がどういう気持ちで料理を作ってきたか、そのひと皿が物語っている気がした。

ふと隣を見ると、ゆかりもわずかに目を潤ませていた。さち子は素早く目を見交わし、互いに黙って頷き合った。

お造りは真鯛、寒鰤《かんぶり》、松葉蟹。これは是非日本酒を合せたいところだ。サービス係の女性と相談して銘柄を決めた。

焼き物はマナガツオの西京焼き。煮物は季節野菜の炊き合わせ。揚げ物は海老真丈。酢の物に続く食事は黒胡麻鯛茶漬けと香の物。

鯛の刺身と胡麻だれをよく混ぜてご飯に載せ、口に含んだ瞬間、さち子は思わず目を閉じた。鯛の旨味もさることながら、胡麻だれの風味に声も出なかった。これは一朝一夕に作り出せる味ではない。

「この胡麻だれは……?」

思わず訊くと、伸也は嬉しそうに答えた。

「作ってから半年寝かせてあります。味が深くなるんですよ」

「すげえ。ヴィンテージなんだ」

修斗が言うと、四人の顔に笑みが広がった。

……良い店だな。

デザートのフルーツを食べながら、さち子はしみじみと思っていた。

伸也の弟子らしい若い料理人は、キビキビと立ち働いて的確に伸也をサポートしていた。それでいて決して愛想は悪くない。サービス係の女性は、幾分不慣れなところはあったが、真面目で誠実さの感じられる対応だった。この三人が力を合せれば、この店はお客さんに支持され、きっと成功するだろう。

食事が終わり、勘定を払って店を出ると、伸也が外まで見送りに出てきた。

「本日はまことにありがとうございました」

伸也は調理帽を取り、深々と頭を下げた。

「とても美味しい料理でした。どれも素晴らしいお味で、心から満足いたしました」

「うちの人の味をキチンと受け継いで下さって、ありがとう。花菱の料理はこの世から消えてしまったと思っていたけど、あなたが見事に甦《よみがえ》らせてくれました」

「女将さん、過分なお言葉を頂戴して、ありがとうございます」

伸也も目を潤ませていた。

「是非またお越し下さい。お待ちしています」

さち子はニッコリ笑って首を振った。

「そう度々は無理。懐《ふところ》が追いつかないもの」

「でも、必ずまた寄せてもらいますよ。冥土《めいど》の土産に四季のお料理を食べたいから」

ゆかりはちょっとおどけた口調で言い、娘と孫を促してエレベーターに向かった。

通りに出ると、ゆかりはきっぱりと言った。

「お祖母ちゃんが奢《おご》るから、一年に四回、ここに来ましょう。春・夏・秋・冬、あの店で出す四季折々の味を食べてみたいわ」

「賛成。お母さん、折半で良いわよ。あの店の料理、私も勉強になるわ」

すると、修斗がポツンと呟いた。

「でも、不思議だな。生まれて初めての高級料理ばっかりだったのに、何となく懐かしい感じがした」

それは父と子の縁のせいか、それとも――。

「日本人だからじゃない？　何と言っても日本料理はソウルフードだし」

「だよね」

修斗は納得した顔になった。

「俺、彼女が出来たらあの店に誘うよ」

「いいじゃない！」

さち子は修斗の腕を肘で突っついた。

「で、それはいつの話？　お母さんとお祖母ちゃんの目の黒いうちにしてよね」

さち子は伸也の料理を食べて、救われる思いだった。思いがけず料理を生業とするようになったが、自分は父の味を継ぐことは出来なかった。修斗は料理と無縁の世界に進んだ。

このまま滅《ほろ》んでしまったかも知れない父の料理を、伸也が新しく生まれ変わらせてくれた。そして、伸也の後はきっと、あの若い料理人が引き継いでくれるだろう。

そうやって料理と人の想いが続いていったら、きっと料理も人も、永遠の縁の輪の中で、滅ぶことなく輝いてゆくに違いない。

完

解説

瀧井朝世

料理人の飯山《いいやま》さち子とアシスタントの結城《ゆうき》まりが各家庭を訪問する「出張料理 いい山」のサービス。提供される料理はホームパーティーのメニューから作り置きの家庭料理まで、なんでもござれ。依頼主やその家庭の事情を汲み取って、臨機応変に献立を組み立てるさち子の活躍が描かれるのが、『さち子のお助けごはん』だ。日清医療食品の「美《うま》し国《くに》」という会員向け冊子に連載されていた短篇がこのたび一冊にまとまった。一篇一篇、掌編といっていいほど短くはあるが、そこに様々な人間ドラマと、美味しそうな料理がぎゅぎゅっと詰まっている。

現在五十歳のさち子の人生は複雑だった。実家は明治初期に創業した料亭「花菱」。一人娘だったさち子は、後継者と目される若手の板前、伸也と結婚したが、式から一月もしないうちに花板だった父が急死。「半人前の跡継ぎが残された」と風評を立てられたため、客は激減してしまい、いよいよ倒産の危機が迫る。追い詰められた伸也は離婚届を残して出奔。しかも、同じ時期に店を辞めた仲居と一緒に海外へ旅立ったらしい。さらに思いがけないことに、さち子は自分が妊娠していることに気づく。その後、女手一つで育て上げた息子は現在、社会人となって社員寮で暮らしている。さち子は数年前まで家政婦だったが、訪問先の老婦人に提案され、出張料理人となったところ、これが人気を博したというわけだ。時には料理を提供するだけでなく、さりげない一言で依頼主を救い、時には事件にも遭遇。訪問先での様々な人生模様をちりばめながら、次第にさち子自身の人生を浮かび上がらせていくのが本作の構造だ。バリエーション豊かなエピソードで読者を飽きさせずに、全二十四話を運びきる筆の軽やかさはさすがである。

さち子に関してまず惚れ惚れするのが、献立の組み立て方と、一度に何品も作る料理の手際のよさ。さすが、著者が元食堂の調理主任だっただけのことはあり、実際に料理に慣れている人らしい描写の確かさがある。本文中に簡単な調理過程やちょっとしたコツが盛り込まれていて、料理をしたことがある人、あるいは興味のある人なら、「これは自分にも作れそう」「こういう献立は参考になる」などと思うはず。たとえば、煮込みハンバーグのタネに日本酒を加えるとか、そのソースは市販のデミソースをそのまま使うのではなく、自家製のホワイトソースを混ぜ、ケチャップ・ウスターソース・インスタントコーヒー・ビターチョコレートを隠し味に使うとか、サラダに使うことの多いルッコラをお浸しにするとか、和食に使うことの多い里芋を麻婆煮込みにするとか、水餃子にレンコンを入れるとか……。読みながらメモを取りたくなるくらい、なるほどと思わせるものが多いのだ。また、土《ど》井《い》善晴《よしはる》の『一汁一菜でよいという提案』や『辰巳《たつみ》芳子《よしこ》の「さ、めしあがれ。」』など、実在の料理本も登場、興味を抱いた人もいたのでは。つまりは、フィクションながら、とても実践的、実用的なのだ。

もちろん、相手の要望によって作るメニューは異なってくる。豪華な料理、手の込んだものばかりが受けるとは限らない。毎回、さち子がどんな料理をどんな意図で選ぶのかも、本書の読みどころだ。

依頼主たちにはそれぞれの事情がある。出張料理を気軽に頼めるほどだから富裕層が多いところが現実的だが、心身に病や不自由を抱えている人のために作ることもあれば、忙しい母親のためにたくさんの作り置き料理を用意することもあり、あるいは仕事とは別に、子供食堂で小さな子たちと一緒に料理することも。その中で浮かび上がってくるのは、食べるという日常の行為は、その人それぞれの人生の問題に直結している、ということ。複雑な事情を抱える人たちが、さち子の料理や彼女のちょっとした一言によって、自分の人生を見直したり、物の見方を変える瞬間を迎えていく。そこが痛快だ。その様子からは、人生いつ何が起きるか分からないというままならなさと同時に、人はいつでも変われるし、リスタートできる、というメッセージを感じることができる。

さち子の美点は、よその家庭に土足で立ち入らないところだ。時には踏み込んだ助言をすることもあるが、基本的には見守るスタンスであり、余計なお節介は焼かない。ただひたすら料理を通して、依頼人たちに大切なことを伝えていく。食べたものが必ずその人の血肉になるように、彼女の思いもじわじわと彼らの身体に沁《し》みていく。そのことをちゃんと分かっているのは、さち子自身が先述の通り、かつて痛みを味わい、それをくぐり抜けてきたからだろう。年齢を重ねてきたからこその眼差しがそこにはある。そしてきっと、依頼主たちの笑顔を見て、彼女自身も救われているに違いない。

昨今は、家事代行が流行しているそうだ。実際、短時間で相当数の作り置き料理を作り上げる家事代行人がテレビで人気を博したり、料理本をヒットさせていたりする時代だ。少し前なら、「家庭料理は母親が手間暇かけて作る」ことが称賛されていたと思う。今もまだそんな風潮があるとすれば、異を唱えたい。さち子の依頼人たちのように、人には様々な事情があり、毎日手料理を用意することはかなりの負担になることだってある。心と身体に無理をさせてまで、抱え込む必要はないのではないか。かつては「おふくろの味が一番」だの「男を落としたいなら胃袋をつかめ」だの、未婚女性が料理上手だと「いいお嫁さんになるね」といった常套句もよく耳にしたが、そんなものはもう古い。母親の手料理でないと子供は愛情を感じないという人もいるが、手の込んだ料理以外には愛情がないわけではないし、愛情を注げる場面は生活の中で他にもたくさんある。だいたい、専業主婦が家政婦なども雇わずに家事を一切合切引き受けるという家族スタイルなんて、全世界、全時代共通のものでもなんでもなく、そこに絶対性を求める根拠なんてないのではないだろうか。上手に人の手を借りながら、効率よく美味しい料理をきちんと摂ることが、心身の健康のためには一番良い。また、他人が作った料理を食べることは家族にとってレシピのワンパターン化を防げる利点もある。しかもこんなふうに出張料理人が自宅に来て目の前で作業を見せてくれるなら、調理法やコツがそのまま分かって勉強となり、今後に活かせそうである。ともあれ、さち子の職業は、とても現代的なのである。こういう作品が読まれるということは、「おふくろの味が一番」的な古臭い思い込みと外圧から、日本人が解放される時を迎えているしるしでもある。

依頼主たちは、自分のためというより、家族のため、あるいは来客を喜ばせるためにさち子を呼んでいる。それは料理の「人の世話」や「おもてなし」の側面を象徴しているが、それだけでなく、さち子が自分のためにガスパチョを作る話や、彼女自身が男性料理人からもてなされる話があるのもいい。料理は自分自身を喜ばせるための行為でもあるということや、男性が女性に料理を提供することだという現実をさりげなく盛り込んでいるのが絶妙なバランス。また、彼女が黒子的な存在として人助けするだけの話で終わるのではなく、その日常が描かれたり、過去と向き合っていく姿を描くことで、主体的な存在となっている点も自立した現代女性の話として、好ましく読めるのだ。

著者の山口恵以子は一九五八年東京都生まれ。早稲田大学を卒業後、会社勤めをしながらシナリオ研究所でドラマ脚本のプロット作成を続け、二〇〇七年に『邪剣始末』でデビュー。一躍脚光を浴びたのは二〇一三年に『月下上海《げっかしゃんはい》』で第二十回松本清張賞を受賞した時だ。物語の面白さだけでなく、丸の内新聞事業協同組合の社員食堂に調理主任として勤務する〝食堂のおばちゃん〟であることがたいへん話題となった。実は、後半にたびたび出てくる小説家の山内永子《やまうちえいこ》は、なんとなく名前の響きが著者と似ているなと思ったら、どうやらご自身がモデルのようだ。なんと、振り込め詐欺やお墓購入の話は実体験に基づいているそうで、なんだか著者をぐっと身近に感じてしまう。

精力的に作品を発表し続ける彼女の作風は幅広いが、やはり料理人に関する著作が多く、姑の一子《いちこ》と嫁の二三《ふみ》、通いの万里《ばんり》が食堂を切り盛りする『食堂のおばちゃん』シリーズ（ハルキ文庫）は現在七巻まで、元人気占い師が営むおでん屋を舞台にした『婚活食堂』シリーズ（ＰＨＰ文芸文庫）は三巻まで刊行されている。どちらも巻末に、作中に登場する料理のレシピが載っているという親切ぶり。ノンシリーズでは、イタリアン・レストランをひとりで営む女性シェフの物語『食堂メッシタ』（ハルキ文庫）もある。心を満たしてくれる美味しい小説たちを、ぜひご堪能あれ。

（たきい・あさよ　ライター）

本書は「美し国」（日清医療食品発行）二〇一八年四月号から二〇二〇年三月号で連載された作品に加筆修正したものです。

山口恵以子（やまぐち・えいこ）
1958年、東京都生まれ。早稲田大学文学部卒業。会社員を経て、派遣社員として働きながら松竹シナリオ研究所で学ぶ。その後、丸の内新聞事業協同組合の社員食堂に勤務しながら小説を執筆。2007年『邪剣始末』で作家デビュー。13年『月下上海』で松本清張賞を受賞。著書に「食堂のおばちゃん」「婚活食堂」「ゆうれい居酒屋」各シリーズ、『恋形見』『風待心中』『食堂メッシタ』『ライト・スタッフ』など。

さち子のお助けごはん

潮文庫　や－1

2020年　6月20日　初版発行
2024年　3月 5日　4刷発行

著　　者　山口恵以子
発 行 者　南 晋三
発 行 所　株式会社潮出版社
〒102-8110
東京都千代田区一番町6　一番町SQUARE
電　　話　03-3230-0781（編集）
03-3230-0741（営業）
振替口座　00150-5-61090
印刷・製本　中央精版印刷株式会社
デザイン　多田和博

ISBN978-4-267-02248-7 C0193

さち子のお助けごはん

山口恵以子

潮文庫